COLLECTION FOLIO

Abd Al Malik • Jakuta Alikavazovic
Muriel Barbery • Amina Damerdji
Kamel Daoud • Marie Darrieussecq
Erri De Luca • Jean-Baptiste Del Amo
Ananda Devi • Éric Fottorino • Laurent Gaudé
Maylis de Kerangal • Carole Martinez
François Morel • Marie NDiaye
Wilfried N'Sondé • Leïla Slimani

SOS Méditerranée

Les écrivains s'engagent

Avant-propos de Jean-Marie Laclavetine

Gallimard

Tous nos remerciements vont à :
Pénélope Bagieu pour l'illustration de couverture ;
les auteurs pour leur engagement
aux côtés de Folio et SOS MEDITERRANEE ;
tous les partenaires médias qui ont choisi de soutenir
généreusement cette publication inédite et engagée.

SOMMAIRE

Avant-propos de Jean-Marie Laclavetine 11

Abd Al Malik, *L'absurde* 21

Jakuta Alikavazovic, *La somme de tous ces gestes* 31

Muriel Barbery, *Justine. Gagner sur la nuit* 39

Amina Damerdji, *Cette mer si bleue* 49

Kamel Daoud, *Le mur de la mer* 67

Marie Darrieussecq, *Rencontres différentes avec des voyageurs forcés différents* 93

Erri De Luca, *Mal de mer* 111

Jean-Baptiste Del Amo, *Moussa. En homme libre* 117

Ananda Devi, *La sixième vie* 131

Éric Fottorino, *Point zéro* 147

Laurent Gaudé, *Petit peuple* 155

Maylis de Kerangal, *Un port sûr* 161

Carole Martinez, *Quelques cailloux dans l'eau* 169

François Morel, *Quand un homme* 181

Marie NDiaye, *Rien de pareil à nous* 187

Wilfried N'Sondé, *Blues migratoire* 199

Leïla Slimani, *Ousman* 209

Notice bibliographique 231

AVANT-PROPOS

Dans la nuit du 20 au 21 avril 2021, l'*Ocean Viking* patrouille dans les eaux internationales au large de la Libye, quand Alarm Phone, une hot line qui recueille les appels de migrants en détresse, lui signale une embarcation perdue dans une mer déchaînée où déferlent des vagues de plus de six mètres. Depuis deux jours les migrants lancent des appels de détresse en vain, répercutés par Alarm Phone vers les autorités maritimes d'Italie, de Malte et de Libye qui se renvoient la responsabilité du sauvetage en un sinistre jeu de ping-pong. Le navire de SOS MEDITERRANEE se lance dans une course contre la montre pour retrouver le canot avant qu'il ne chavire. Il passera la journée à chercher l'embarcation, aidé par trois cargos marchands obéissant à l'imprescriptible loi de la mer qui impose d'aller au secours de toute personne en détresse et de la ramener en lieu sûr – loi fondamentale que les dirigeants européens bafouent quotidiennement en notre nom. Quand les sauveteurs arrivent enfin sur les lieux, il est trop tard : des dizaines de cadavres flottent à la surface. Aujourd'hui encore, le souvenir de ces 130 morts continue de hanter les sauveteurs. Ces hommes, ces femmes (l'une d'elles était enceinte), ces enfants ne connaîtront jamais le port sûr qui aurait dû les accueillir, ils n'auront jamais vu se dessiner à l'horizon la côte du salut, nous ne connaîtrons jamais leurs noms. Le même jour, deux autres embarcations ont été signalées en perdition, à l'est de cette zone. L'une a été interceptée par les Libyens, l'autre a coulé avec ses 42 passagers.

L'équipage de l'*Ocean Viking* constate chaque jour, en pleine mer, le résultat de cette politique d'abandon organisée. Chaque jour ? Pas vraiment, car le navire reste parfois bloqué dans tel ou tel port, en butte à un acharnement administratif. Le cynisme prend parfois la forme de ces tracasseries visant un seul but : empêcher des pieds étrangers de fouler notre sol.

Disons-le clairement : la politique européenne en matière de gestion des flux migratoires est tout simplement raciste. Alors que nous ouvrons nos portes, à juste titre, aux réfugiés d'Ukraine, nous restons intraitables avec les non-Blancs, et déléguons à des pays extérieurs à l'Europe la charge de repousser les hordes faméliques venues du Sud. Parmi ces pays vigiles, l'Ukraine, justement. L'Union européenne y a déversé des dizaines de millions d'euros afin qu'y soient construits sept camps de rétention. Dans ces centres s'entassent aujourd'hui (au début de l'été 2022) des centaines d'Afghans, d'Irakiens, de Syriens, de Camerounais, de Ghanéens, de Guinéens, d'Éthiopiens terrorisés, piégés dans les zones de combats et de bombardements, et rien n'est fait pour les exfiltrer : la directive européenne de « protection temporaire » des réfugiés (TPD) promulguée au début du mois de mars ne s'applique pas à eux. L'Ukraine, comme la Slovaquie, la Hongrie ou d'autres pays, sont devenus les garde-frontières de la citadelle européenne, qui les finance avec la très vague promesse d'une intégration future, afin qu'ils refoulent les migrants sans ménagement, ou les enferment en ignorant leurs demandes d'asile. À noter que les animaux des zoos ukrainiens ont eu plus de chance : les lions, les girafes et les chimpanzés ont pu trouver refuge dans des pays limitrophes sans que quiconque leur demande leurs papiers.

Parmi ces pays garde-chiourme, la Libye tient bien sûr un rôle de premier plan. Les embarcations de fortune sont fréquemment interceptées en mer et déchargées dans les centres où viols, travail forcé, rançons, tortures, séquestration, violences physiques sont des pratiques quotidiennes. Ces centres, nous contribuons généreusement à les financer. Les passeurs y font la loi, obligeant chaque jour des centaines de personnes, après les avoir rackettées, à embarquer sur des rafiots « de fortune » (l'expression se charge d'ironie noire) inaptes à faire la traversée jusqu'à l'Italie.

Longtemps nous avons considéré avec horreur le « mur de la honte » qui à Berlin séparait le Bien (c'est-à-dire nous, heureux habitants de l'Éden libéral) du Mal totalitaire. Le Mur reste un symbole infâme, cependant on oublie que moins d'une centaine de personnes sont mortes en tentant de le franchir, alors que de nos jours, sous nos yeux, un autre mur s'avère mille fois plus meurtrier. Il se nomme Méditerranée. Pour protéger notre bien-être, pour préserver nos régimes inégalitaires et déliquescents, nous sommes prêts à sacrifier par milliers des innocents indésirables, tout en restant persuadés que nous valons beaucoup mieux que les staliniens d'hier ou d'aujourd'hui, beaucoup mieux que les chiens de garde turcs ou libyens à qui nous déléguons la besogne de refouler dans des conditions atroces les prétendants au paradis européen – cela au nom de la raison, du bon sens, de la préservation de nos cultures, de nos patrimoines, de nos si fragiles économies, et du fantasme soigneusement entretenu du grand remplacement.

Le travail accompli par SOS MEDITERRANEE depuis 2015 se fonde sur le refus de cette politique basée sur un égoïsme forcené. L'équation est simple : des êtres humains sont en danger de mort au milieu de la mer, et quelles que soient les raisons pour lesquelles ils s'y trouvent, quelles que soient les difficultés (matérielles ou électorales) que leur arrivée en Europe pourrait créer, nous avons le devoir de les secourir. La loi immémoriale de la mer et les règlements internationaux formellement reconnus par la plupart des pays nous y obligent. Voilà un argument élémentaire et indiscutable.

La déclaration de Malte, signée par les États européens, vise à fournir à la Libye les moyens nécessaires pour interdire aux migrants et aux demandeurs d'asile l'accès aux côtes italiennes. Le refoulement vers la Libye, pays désorganisé, livré au chaos et à une violence extrême, non signataire de la convention de Genève, enfreint un principe fondamental de la protection internationale des réfugiés.

Depuis 2014, près de 24 000 personnes ont perdu la vie en tentant la traversée, dont 19 000 en Méditerranée centrale. Plusieurs centaines y ont déjà péri depuis le début de cette année. SOS MEDITERRANEE a effectué depuis sa création 309 opérations, mettant à l'abri plus de 35 000 personnes... 35 000 noyades évitées grâce à la détermination et au courage – physique et politique – de ces simples citoyens qui en 2015 ont décidé d'apporter leur concours à l'aventure impulsée par Sophie Beau et Klaus Vogel, fondateurs de l'association.

Il y a de la folie dans cette entreprise, mais de cette folie nous avons beaucoup à apprendre. Pendant deux ou trois décennies, Klaus Vogel a piloté des porte-conteneurs de trois cents mètres de long sur tous les océans. La vie de ce capitaine au long cours a changé lorsqu'il a croisé en Méditerranée un canot pneumatique surchargé, puis deux, puis cent, ballottés par les vagues, destinés au naufrage. Depuis la fin de l'opération « Mare Nostrum » en novembre 2014, il n'y avait plus de dispositif institutionnel pour organiser les sauvetages. Hanté par le souvenir des boat people en mer de Chine dans les années 1980, Klaus Vogel a donné sa démission, et mis au point le projet d'une société civile de sauvetage en mer. Il n'avait pas l'âge de la retraite, pas d'argent, juste le désir d'employer utilement son énergie et sa révolte. Il fallait affréter un bateau pour aller au secours des migrants, et répondre ainsi à « un impératif moral et légal » auquel les nations civilisées avaient décidé de se soustraire. Dans son entreprise insensée, le capitaine a vite été rejoint par Sophie Beau, familière des programmes sociaux et humanitaires, qui ne manquait pas non plus d'énergie ni de ténacité. Voilà comment a vu le jour SOS MEDITERRANEE, aventure dont Klaus, Sophie et leurs amis étaient loin de mesurer la complexité et la dureté. La difficulté principale : trouver les 14 000 euros quotidiens nécessaires à l'organisation, à la location et au fonctionnement du navire. Grâce aux dons de tous ceux qui n'acceptent pas que la Méditerranée devienne une fosse commune, ce pari est gagné, jour après jour, depuis sept ans.

Le 9 mai 1950, Robert Schuman prononçait ces mots qui posaient les fondations de la maison Europe : « L'Europe [...] se fera par des réalisations concrètes – créant d'abord une solidarité de fait. » Mais qu'est-ce que la solidarité, si elle n'est pas universelle, si elle ne s'étend pas à l'espèce entière ? Que peut apporter l'Europe au monde, si elle se barricade dans ses renoncements et ses peurs de vieillarde ? Dans une conjoncture marquée par bien des incertitudes et bien des dangers, divers défis restent à relever : organiser entre États un programme de sauvetage en mer qui prévoie le débarquement en lieu sûr des rescapés ; mettre immédiatement un terme à l'injustifiable soutien financier de l'Europe aux garde-côtes libyens ; cesser de criminaliser les associations civiles qui tentent d'atténuer les conséquences tragiques de la politique des États européens en matière de sauvetage en mer.

Le présent recueil est né de ce constat, et de cet espoir. Les auteurs qui y ont contribué avaient pour la plupart déjà manifesté publiquement leur soutien aux objectifs de SOS MEDITERRANEE, et plus largement leur solidarité avec les migrants, d'où qu'ils viennent, où qu'ils aillent. Quand nous les avons sollicités, tous ont immédiatement accepté de participer à cette entreprise qui, pour être modeste, n'en est pas moins représentative du refus, exprimé par toute une partie des sociétés européennes, des politiques iniques menées au nom de la gestion prétendument raisonnable des flux migratoires. Entendons leurs voix.

Jean-Marie Laclavetine

Avec l'aimable autorisation de *Siné Mensuel.*

Dons et soutiens : https://www.sosmediterranee.fr

Textes recueillis par Anne Assous, Jean-Baptiste Del Amo et Jean-Marie Laclavetine.

Tous les bénéfices du présent recueil sont reversés à SOS MEDITERRANEE.

SOS Méditerranée

Abd Al Malik

L'absurde

Albert Camus écrit en 1954 : « Un gouvernement, par définition, n'a pas de conscience. Il a, parfois, une politique, et c'est tout[1]. » On retrouve bien là, en creux, l'idée défendue un temps par l'auteur de *L'homme révolté* : la révolte est l'unique moyen de dépasser l'absurde. Plus tard, il en reviendra et dira, en substance, qu'en réalité seul l'amour permet ce dépassement. Je sais maintenant, de façon certaine, que c'est le cas, mais n'allons pas trop vite. Tout en tapotant sur les touches de mon ordinateur, j'ai l'impression ce dimanche 19 juin 2022 – au sortir d'élections législatives qui ont vu un parti d'extrême droite s'offrir une victoire historique – que la résonance de cette phrase de Camus dans l'actualité politique récente de notre pays, tout

1. Tous les ouvrages cités sont référencés en fin de volume, dans la notice bibliographique à la page 231.

particulièrement sur la question de l'immigration, n'a eu de cesse de rogner subrepticement, sans relâche, nos valeurs de fraternité – piliers ô combien précieux de notre république – qui, au vu des choix électoraux de nos concitoyennes et concitoyens qui votent, ne vont malheureusement pas cesser d'être mises à mal. Et sérieusement.

Quelle attitude adopter, alors, face au furieux désintérêt, au silence vil et honteux du pays des droits de l'homme et de l'Europe de la solidarité – valeur fondatrice de l'Union –, devant l'obscène récurrence des tragédies qui ont lieu au large de nos côtes depuis 2015. Donc...

— *L'avenir est bien sombre.*

— Pourquoi ? Il n'y a rien à craindre, puisque désormais nous nous sommes mis en règle avec le pire. Il n'y a donc plus que des raisons d'espérer, et de lutter.

— *Avec qui ?*

— Pour la paix.

— *Pacifiste inconditionnel ?*

— Jusqu'à nouvel ordre, résistant inconditionnel – et à toutes les folies qu'on nous propose.

— *En somme, comme on dit, vous n'êtes pas dans le coup ?*

— Pas dans celui-là.

— *Ce n'est pas très confortable.*

— Non. J'ai essayé loyalement d'y être. En ai-je pris des airs graves ! Et puis je me suis résigné : il faut appeler criminel ce qui est criminel. Je suis dans un autre coup.

Albert CAMUS, extrait de « Dialogue pour le dialogue », in *Actuelles 1944-1948*

Cet extrait m'est soudain revenu en mémoire et m'éclaire à nouveau, à présent. Partant de l'actualité tonitruante de ce dimanche soir, j'ai pensé, par association d'idées, aux malheureuses victimes de la guerre en Ukraine. Si on était cohérents avec nous-mêmes, me suis-je dit, si la France et l'Europe ne s'égaraient pas dans ce cynisme incompréhensible, absurde, et voulaient véritablement sauver ces femmes, ces enfants et ces hommes qui meurent en Méditerranée, les protéger vraiment, cela aurait été fait de multiples manières, et depuis longtemps. Il n'y a, pour s'en convaincre, qu'à voir la façon dont, précisément, et à juste titre, sont traités les réfugiés ukrainiens.

Depuis 2015, on est témoins de la bravoure et de l'abnégation de femmes et d'hommes, de citoyennes et de citoyens européens d'exception, qui œuvrent au sein ou en périphérie de SOS MEDITERRANEE. En revanche, que peut-on dire, en la matière, de l'action des États européens ?

Il ne se passe pas un jour sans qu'un membre de ma famille, une habitante ou un habitant de ces quartiers populaires dont je suis originaire ne me parle « solidarité à deux vitesses » ou « racisme patent », au mieux systématique, au pire systémique. Tout cela dans un contexte de montée, d'affirmation, de banalisation de l'extrême droite et, dans un même temps logique et paradoxal, de mise en place, dans toute l'Europe, de solutions diverses pour accueillir dignement des réfugiés ukrainiens – là où est fait quotidiennement obstacle aux réfugiés originaires d'Afrique ou d'Asie. C'est bien l'absurdité en acte, ou la solidarité européenne à la carte, qui met en mouvement une politique toujours plus lâche et inhumaine, trop souvent en parfaite harmonie avec une idéologie si rance – et toujours plus glorieuse à l'issue de chaque rendez-vous électoral – qu'on ne sait plus vraiment pourquoi ni comment on doit la combattre, surtout lorsque est avéré sans partage le règne de la colère et de la quantité.

Au fond, l'absurde de cette situation, c'est d'abord la construction d'un récit. L'entêtement d'un récit. Un récit dans lequel des exilés et des réfugiés fuyant guerres et dictatures sont représentés comme des criminels de droit commun alors que les législations européenne et internationale sont censées les mettre sous la protection de la convention de Genève. Un récit dans lequel Françaises et Européennes, Français et Européens, sont, dans les inconscients et les imaginaires collectifs, caractérisés par une certaine couleur de peau, l'appartenance à une religion ou à une culture religieuse immémoriale. Un récit dans lequel le monde occidental est peu ou prou le seul et unique vecteur de civilisation et d'universel. Un récit binaire, finalement, dans lequel il y a toujours « nous » et « eux »…

Toutes celles et ceux (en tête les médias, les politiques, mais aussi d'autres, qu'on appelle encore intellectuels et artistes) qui font de manière plus ou moins complexe, directement ou indirectement, en conscience ou non, la promotion de ce récit sont responsables de cette manière absurde de *faire France, de faire Europe*, en totale déconnexion avec le reste du monde et avec la réalité mondialisée de l'époque. Au fond la France et l'Europe doivent absolument déconstruire ce récit insensé, devenu si puissamment mortifère, et corriger ce regard biaisé qu'elles portent sur elles-mêmes si elles ne veulent pas conforter toujours plus cet absurde. Comprendre que le devenir national et européen, donc, dépend aujourd'hui d'ensembles intellectuels, culturels, spirituels, historiques et géopolitiques beaucoup plus vastes. Et pour que celui-ci s'écrive positivement, en solidarité, en empathie, en intelligence, le récit se doit d'embarquer dans une histoire collective celles et ceux qui non seulement s'en sentent – mais en sont de fait – exclus. L'Europe ne sera plus jamais opulente tant qu'elle ne saisira pas profondément ses interconnexions vitales avec le reste du monde. Tant qu'elle ne fera pas entrer dans un récit original et intégrateur toutes celles et ceux à qui elle a jusqu'à présent refusé une place, toutes celles et ceux à qui on refuse leur place.

Moi qui ne suis pas un habitué des veillées électorales, je me suis surpris ce dimanche 19 juin, quelques heures après avoir voté, scotché sur l'écran de mon iPhone, écoutant fiévreusement les résultats et comptes rendus électoraux des commentateurs politiques sur l'application de France Info. Lorsque le score, environ onze fois supérieur à celui de 2017, du parti d'extrême droite a été confirmé, j'ai continué à assister au déploiement de l'absurde dans toute sa splendeur. L'anecdote de ce député, fraîchement élu, vantant – en réponse à une question posée par un journaliste du service public – « l'irrésistible ascension » de son parti d'extrême droite, est significative. Il ne se rendait même pas compte qu'à deux lettres près il donnait en référence le titre de la fameuse parabole théâtrale de Bertolt Brecht (*La résistible ascension d'Arturo Ui*) sur la prise de pouvoir d'Adolf Hitler en Autriche et en Allemagne. La soirée s'écoulant, je continuais à écouter d'autres perles de ce genre en me disant qu'ici la parole servait moins à exposer la pensée qu'à compenser son absence. Cela a son importance dans le processus de malheur qui se met désormais fièrement en place, et dont ce genre de politiques se servent désormais pour exécuter la remarquable prouesse de suggestion collective sans laquelle la croyance en l'extrême droite comme solution crédible de sortie de crise ne saurait résister bien longtemps. L'absurde est donc cette hallucination collective phénoménale par laquelle une partie grandissante de l'Occident en est arrivée à prendre cette idéologie folle – ayant déjà par le passé prouvé de la manière la plus vive son caractère éminemment mortifère – pour une force positive de changement.

Je suis parrain depuis six ans d'une association diplômante, Thot, qui se consacre aux réfugiés et aux exilés. Elle travaille sur la même montagne que SOS MEDITERRANEE mais sur un autre versant. La mission première des pédagogues de cette association est de travailler sur l'alphabétisation, sur l'apprentissage du français, des cultures française et européenne, de façon à favoriser une intégration pleine et entière. Elle permet de changer la perception collective que « nous » avons d'« eux », les exilés et les demandeuses et demandeurs d'asile, mais aussi le regard que ces femmes et ces hommes portent sur eux-mêmes.

Je suis convaincu que c'est par la connaissance, le savoir, l'éducation, la solidarité et l'empathie que nous nous en sortirons. Pointer l'absurde qui gangrène la France et l'Europe est de mon point de vue non seulement un témoignage d'amour mais aussi l'unique façon de guérir le mal dont elles souffrent, et dont elles finiront sûrement par mourir si nous ne nous ressaisissons pas à temps. La révolte, comme l'a si brillamment définie Albert Camus, ne peut malgré tout être une fin en soi. Il l'a pressenti et, comme tant d'autres, je (en tant que républicain résolument laïc, Français, Européen noir, musulman, ayant grandi dans un quartier populaire) le sais dans ma chair. Le métier d'être humain est certes ardu mais la responsabilité nous enjoint collectivement au sérieux précisément parce que c'est notre propre humanité qui est en question. Cette humanité qui nous oblige à traduire en actes cette vraie connaissance de nous-mêmes dans nos attitudes solidaires et empathiques hors desquelles tout n'est qu'absurde.

Jakuta Alikavazovic

La somme de tous ces gestes

Les trois premières années il y avait énormément de liens : avec les garde-côtes italiens, les forces européennes qui étaient dans le coin, beaucoup de repérages avec les avions… Donc on n'était pas tout seuls. Sauf que depuis, tous ces organismes se sont retirés de la zone et ont refusé peu ou prou de prendre en charge cette coordination. Et on se retrouve tout seuls.

Jérémie, marin-sauveteur, septembre 2020

*

L'impression d'une solitude épaisse, d'une solitude en progrès, c'est l'une des choses qui m'est restée des années 1990, parmi ceux qui, en France, militaient pour la fin de la guerre en ex-Yougoslavie. Une solitude profonde, un sentiment d'abandon, commun à celles et ceux qui refusent les choses telles qu'elles sont, qui ont l'ambition délirante ou la naïveté folle de ne pas consentir à la brutalité, de ne pas laisser faire (ce qui, si souvent, veut dire « laisser mourir »). Cette période et cette guerre sont l'un des prismes par lesquels je perçois la vie, et certaines réalités que j'aurais aimé ne pas connaître. Par exemple, une tombe est parfois un luxe. Par exemple, on peut, en l'absence de celle-ci, confier ses morts au paysage. Ce sont des réalités qui modifient en profondeur la façon dont on envisage le monde. Qui modifient en profondeur la façon dont on envisage la littérature. On ne lit plus de la même façon quand on a un mort sans tombe. On comprend aussi pourquoi un *tombeau* est un genre littéraire essentiel.

*

Que pouvons-nous contre l'obscénité du monde ? Le seul fait de se dresser contre elle condamne-t-il à cette solitude épaisse, et qui avance ? Il y a quelques années, j'ai inventé un personnage (mais l'invention n'était que relative, il s'agissait plutôt d'une sorte de biographie spéculative), une poétesse engagée qui se rend sur les lieux d'une guerre, dans une ville assiégée, pour y écrire. Si elle trouve les mots justes, pense-t-elle – si sa poésie est à la hauteur et de la réalité et de la poésie elle-même, comme genre et comme idéal –, alors la guerre *devra* cesser. Cette ambition est le fondement même d'un certain engagement littéraire : par l'écriture, par les moyens de l'écriture (rythme ; évocation ; mouvement ; mobilisation affective), changer le monde. Cette ambition est à la fois délirante – agir, avec de l'irréel, sur le réel – et, en même temps, naïve. Follement naïve. Elle est d'une innocence inouïe – j'emploie ici, à dessein, *innocence* dans ses deux sens, comme *ingénuité* et *non-culpabilité* (qui serait, ici, le refus d'accepter le monde tel qu'il est – un abîme de cruauté). Un rêve d'une bêtise héroïque, me semble-t-il parfois. Mais qui parfois, étonnamment, fonctionne. C'est rare, certes, mais cela arrive. Quoique pas dans mon roman. Dans mon roman, la poétesse se rend compte que ce qu'elle voulait montrer au monde, le monde le sait déjà ; car le monde n'attend pas les artistes pour avoir conscience de sa propre violence, de sa propre obscénité, et s'y soumettre – ou, peut-être, en jouir. Après cette prise de conscience, la poétesse disparaît. C'est, pour elle, la fin de la poésie, la fin de l'art, qui s'est effondré dans ce trou sans fond qu'est le réel ou, plutôt, son obscénité.

Pourtant, il est possible que certaines œuvres changent quelque chose au réel, le contraignent à davantage de justice, davantage de douceur. Mais peut-être que cela ne commence pas dans l'œuvre. Peut-être était-ce cela, l'erreur de ma poétesse : non pas d'avoir cru en la poésie, mais d'avoir cru *seulement* en la poésie, et pas en d'autres choses. D'ailleurs la fin de sa vie reste ouverte : il est possible qu'elle ait recours à un autre alphabet, plus directement efficace, après avoir renoncé à son art. Oui, peut-être que l'œuvre vraie – celle qui parvient, à sa façon, à changer quelque chose au monde dont elle provient – n'est que la continuité, par d'autres moyens, de certains gestes qui heureusement existent, avant et après elle, dans leur propre perfection. Ce sont ces gestes-là – régulièrement oubliés, régulièrement retrouvés – qui renouvellent le langage. Qui portent des mondes possibles, des mondes vivables.

Pour déjouer la solitude, je pense à ces gestes. Comme l'eau, ils trouvent toujours un chemin, dans l'espace et dans le temps. Trouver des fonds. Chercher. Secourir. Réchauffer. Soigner. Réconforter. Ces gestes pourraient tous s'additionner, se cumuler, en un mouvement : une main se tend, une autre la saisit. Oui, ces gestes sont un mouvement, un mouvement de foule, même si la foule manque. Leur héroïsme est celui de l'endurance, de l'acharnement. Leur exploit, répété, ne les isole pas dans l'espace et dans le temps mais, je crois, les relie à nous. L'exploit, c'est aussi cela.

*

Dans le même roman, j'ai écrit ceci : pour que deux personnes – mettons, un père et sa fille – puissent être parfaitement ensemble, il faudrait (il aurait fallu) de la justice. Car l'obscénité s'infiltre, que nous choisissions de la voir ou pas, de la reconnaître, de la combattre. Elle touche nos vies de mille façons plus ou moins directes, plus ou moins perceptibles, mais elle les touche – elle ronge et corrompt la trame même de nos rapports aux autres, et au monde. Il est délirant, et follement naïf, de penser le contraire.

*

Depuis 2016, SOS MEDITERRANEE a secouru 35 630 personnes. Imaginons un peu les gestes, tous les gestes qui sont la matière de ces sauvetages. Imaginons le monde qu'ils fondent. Oui, imaginons ces gestes qui s'efforcent de rééquilibrer ce qui glisse dans l'abîme. Une existence. Une embarcation. Une idée, aussi, du genre humain. À chacune, à chacun de trouver comment, par un geste à soi, entamer ou prolonger ces gestes-là, ceux qui sauvent des vies et qui, en les sauvant, sauvent aussi – que nous en ayons conscience ou non, que nous voulions le voir ou non – quelque chose en nous. Entendons la solitude. Ensuite, refusons-la.

Muriel Barbery

Justine
Gagner sur la nuit

Ce qui frappe en parlant pour la première fois avec Justine, vingt-huit ans, membre de la SAR Team, c'est sa clarté d'esprit et son honnêteté intellectuelle. Ses propos sont précis, elle cherche le mot juste, revient par écrit, ensuite, sur certaines phrases pour les clarifier encore. Elle dit son quotidien et ses motivations avec le souci constant d'être lucide, sur elle-même et sur sa mission.

Comment est-elle arrivée à SOS MEDITERRANEE ? Elle met spontanément en avant le pragmatisme et la chance alors que tout dans son parcours montre le tropisme puissant. Son parcours : d'abord des études de lettres – hypokhâgne et khâgne à Versailles – à l'issue desquelles elle ne voit pas comment transformer son amour de la littérature en engagement professionnel, veut sortir de sa bibliothèque, sait que la pédagogie ne comblera pas ses aspirations à une certaine forme d'expérience humaine. Elle bifurque vers un master 1 « Études européennes » à la Sorbonne Nouvelle puis un master 2 « Développement et aide humanitaire » à l'université Paris 1 Panthéon-Sorbonne. Pendant l'année de césure entre les deux masters, elle travaille six mois dans une association colombienne à Bogota où on aide les familles d'enfants atteints de cancer, part enseigner le français en RDC où elle se porte volontaire sur son temps libre pour aider dans un orphelinat. Quand elle rentre en France, elle « découvre le milieu maritime » en répondant à l'appel d'un ami en poste dans un centre de plongée sur l'archipel de Glénan. C'est une révélation – l'écosystème maritime lui ouvre les portes d'un monde inconnu et fascinant – qui va décider de toute la suite. En 2016, un ami italien, chargé à Vintimille de trouver des passages sécurisés, lui avait parlé de SOS MEDITERRANEE : conjuguer l'humanitaire et le maritime en intégrant l'association devient son objectif prioritaire. Elle termine son master 2, travaille au Glénan pendant l'été puis, à toutes fins utiles, effectue une formation de matelot de pont avec une spécialité pêche, y apprend le ramendage, les épissures mais aussi la réglementation maritime, les règles de sécurité à bord. Après cela, elle travaille comme cuisinière embarquée sur un bateau norvégien qui dépose et récupère des skieurs de fjord en fjord mais doit rapidement rentrer en France : c'est le début de la crise sanitaire. L'été suivant, elle fait la plonge et le service au Glénan, postule auprès de SOS MEDITERRANEE, repart comme cuisinière embarquée sur un bateau dédié à des travaux off shore. Elle y ronge son frein : ce qu'elle veut, c'est être sur le pont. Ensuite, elle s'apprête à aller enseigner le français au Salvador quand la société de travaux off shore la recontacte et lui propose de partir au Sénégal : elle rêve de retourner en Afrique, elle accepte. Elle y est depuis huit semaines quand SOS MEDITERRANEE l'appelle. Elle rejoint Augusta, où mouille l'*Ocean Viking*. Nous sommes le 1er avril 2021.

Entre les temps sur l'*Ocean Viking*, elle travaille sur des bateaux comme cuisinière. Pendant les rotations sur le navire de SOS MEDITERRANEE, ce qu'elle vit est unique. Dans ce microcosme, les émotions sont décuplées, le rapport au temps change, on plonge dans une faille spatio-temporelle. Justine est membre de la SAR (Search and rescue) Team : l'équipe de recherche et de sauvetage. Après les phases d'entraînement et d'intégration des protocoles opérationnels où se construit l'esprit d'équipe des futurs embarqués, l'*Ocean Viking* se dirige vers la zone de secours. Là, Justine veille et observe aux jumelles. Elle hérite souvent de la première heure de quart à la passerelle. Elle y voit un temps unique de concentration et de méditation. La première fois, comme tous les novices, elle ne se représente pas la silhouette de ce qu'elle cherche. Quand elle repère quelque chose, elle se tient au mur, de surprise mais aussi de soulagement et de fierté : elle est apte à la tâche ! Ce matin-là, c'est un bateau pneumatique vide dont les occupants ont déjà été sauvés ou sont morts. Mais elle sait désormais qu'elle est capable de faire le travail. Autre sensation forte, d'émerveillement cette fois : une vigie croit apercevoir une lumière mais le jour décline rapidement, sonnant le glas du sauvetage, et bientôt c'est la nuit. La SAR Team, qui ne veut pas renoncer, envoie dans l'obscurité le flash d'une lampe à longue portée auquel répondent soudain des dizaines de petites lumières d'écrans de téléphones : l'opération aura lieu. J'ai trouvé cela *incroyable*, dit Justine, cette fois-là nous avons gagné sur la nuit. Pour le reste, hors les moments d'action, la vie à bord est une vraie vie. On y fête les anniversaires, on y regarde des films, elle s'y endort sur le canapé, se réveille protégée d'une couverture déposée par une main bienveillante. Des amitiés se nouent. Chaque rotation est différente en fonction des équipes et des événements mais chacune apporte son lot de vie intense et dense. In fine, le plus dur est de débarquer. C'est le moment où les émotions rattrapent Justine, où elle sent qu'elle est « chargée ».

À bord coexistent, en plus de l'équipage, les différentes équipes : la SAR Team, l'équipe médicale et l'équipe de prise en charge, qui structurent la vie sur le pont. Quand la SAR Team a terminé son travail, elle aide aux tâches vitales : lavage et désinfection des sanitaires, prise en charge des poubelles, nettoyages divers, distribution des repas. Et comme la sage-femme embarquée est rarement francophone, Justine propose ses services d'interprète. Le reste du temps, elle fait son boulot de recherche et de sauvetage. Sur ce boulot, elle a, parmi tant d'autres, deux choses importantes à dire. D'abord, si l'adrénaline y est élevée, il ne sert à rien de se précipiter, il faut avant tout être organisé, efficace sans empressement, agir avec méthode, se garder de toute hâte : être professionnel. Sur un navire d'assistance, tout compte : de la technicité des gestes dans l'action au rangement méticuleux postopération du casier où chacun conserve ses équipements. Ensuite – mais cela va avec –, elle n'aime pas le verbe sauver. Elle parle d'opérations d'assistance et non de sauvetages. Elle déteste les « mots grandiloquents » pour parler de ce qu'elle fait et de ce qui l'anime. Elle dénonce l'héroïsation de sa mission, héroïsation en laquelle elle voit des ferments de discrimination. D'une part, cela porte atteinte à la dignité de ceux qu'elle assiste, des êtres humains au même titre qu'elle, qu'on ne considère comme les obligés de sauveteurs généreux que par une résurgence de l'esprit colonial. D'autre part, elle répète qu'elle n'œuvre en Méditerranée que pour faire respecter le droit. Elle ne se voit pas en héroïne blanche tirant des griffes de la mer la femme et l'homme noirs, ne se définit pas non plus comme une militante. Elle n'est pas entrée dans l'arène pour en découdre. Elle est là, une fois encore, pour faire appliquer les droits humains. C'est un métier pas comme les autres mais c'est un métier tout de même et non un safari d'aventure pour jeune femme exaltée. Elle insiste, elle tient à être honnête : SOS MEDITERRANEE lui a permis d'unir ses études à son goût pour la mer. Ses études, vraiment ? Elle finit par concéder qu'à la racine de tout son parcours il y a l'altruisme. À bord, avec elle, il y a le texte littéraire qui l'a le plus marquée, le *Discours sur le colonialisme* d'Aimé Césaire, d'où est née une certitude : aucune solution à la question du droit bafoué ne peut advenir sans lutter contre sa cause profonde, le racisme. La guerre en Ukraine en offre une démonstration patente : elle se réjouit que les Ukrainiens aient obtenu de droit le statut de réfugiés mais ne conçoit pas que les Syriens, les Africains, tous ceux que l'on accuse d'emprunter « les voies illégales », ne l'obtiennent pas eux aussi, voués à rester éternellement des migrants en mal de légalité. Mais qui a rendu ces voies illégales ? Qui a fermé les frontières ? Qui a externalisé la prise en charge de ces êtres humains fuyant leur maison en feu et leur pays en guerre ? demande-t-elle. Fuyant l'oppression, l'excision, le mariage forcé, l'esclavage ? La faim, la misère ? Tant qu'on ne reconnaîtra pas qu'on discrimine sans fondement, il n'y aura pas de solution. Et d'ajouter : je sais bien, cyniquement, que je ne peux pas grand-chose, que le racisme est trop puissant. Cyniquement, vraiment ? Ces femmes et ces hommes fuient mais ce ne sont pas des victimes, poursuit-elle. Ils sont actifs, ils sont résilients. Le prisme victimaire depuis notre angle européen et postcolonial est impertinent. Ils sont dépassés, enfermés, traumatisés mais ce sont des êtres humains dotés d'une force remarquable. Voilà. Justine, vingt-huit ans, est là, sur le navire, elle y fait son devoir. Elle y vit des moments heureux. Elle s'y voit comme une technicienne de l'assistance en mer et de l'application du droit. Elle refuse le pathos, les envolées tire-larmes, les tirades romantiques, ne fait qu'accomplir « sa part de colibri ».

Je repense à ces propos du président Emmanuel Macron dans le numéro 630 de *La NRF* paru en mai 2018 : « Paradoxalement, ce qui me rend optimiste, c'est que l'histoire que nous vivons en Europe redevient tragique. L'Europe ne sera plus protégée comme elle l'a été depuis la fin de la Seconde Guerre mondiale. Ce vieux continent de petits-bourgeois se sentant à l'abri dans le confort matériel entre dans une nouvelle aventure où le tragique s'invite » – à ces propos emphatiques, condescendants, satisfaits d'eux-mêmes, prononcés depuis des salons où l'on dispose d'un pouvoir qui n'est pas de colibri sur la destinée d'êtres humains pris malgré eux dans la guerre et la violence. Et je pense à Justine, vigie déterminée sur son pont perdu dans la grande Méditerranée, hostile aux « mots grandiloquents », résolue à faire appliquer le droit. Sans elle et ses semblables, il n'y a même plus de tragédie : il n'y a que l'enfer.

Amina Damerdji

Cette mer si bleue

Cette mer si bleue
qu'il n'y a que le sang qui soit plus rouge.

Paul CLAUDEL,
Protée, acte I

Au téléphone, la voix d'Arnaud est coupante, non pas inamicale mais acérée, si effilée par les rafales de souvenirs qu'elle pourrait se briser. Bien que nous correspondions depuis trois ans, c'est la première fois que nous nous parlons. Il pleut. Un ruisseau abondant dévale la rue Lamarck, chasse les derniers passants qui courent, trempés. Le martèlement de la pluie sur la toile cirée m'oblige à me boucher une oreille pour entendre les mots du marin-sauveteur. Arnaud Banos vient tout juste de rentrer d'une mission en Méditerranée. Il a dirigé les opérations du *Sea-Eye 4*, le navire de sauvetage de l'ONG allemande éponyme. Il est également sauveteur de la SNSM, chercheur en géographie au CNRS et, depuis peu, formateur au sauvetage de masse pour les marins de la SNSM, de la Douane et de la Marine nationale. Les gouttes bondissent sous la bâche, effaçant les notes que je prends sur mon cahier. Je pose mon feutre.

J'aurais dû me souvenir de notre rencontre. Elle a eu lieu, m'affirme-t-il, au salon du secourisme, un jour d'avril 2019 pourtant indélogeable de ma mémoire. Je revois chaque détail de la scène qu'il me décrit mais nulle image de lui. Un homme l'a effacé du tableau.

Avril 2019. Samedi après-midi. Il fait chaud. Dans cette halle du Parc des Expositions, à la porte de Versailles, j'étouffe sous mes collants, mon pull en acrylique déjà trop épais pour la saison, le monde qui se presse. Plus que quelques minutes avant de présenter publiquement SOS MEDITERRANEE, association où je suis bénévole et dont je suis l'une des porte-parole franciliennes. Je me tiens près d'Antoine, un jeune marin-sauveteur de SOS MEDITERRANEE, à l'entrée de la salle de conférence qui a été improvisée au milieu des stands. Un homme nous pointe soudain de son index. En réalité, ses yeux sont fixés sur un point derrière nous, vers le grand bateau orange en photographie. « Ça c'est… » Il porte la tenue des secouristes de la Croix-Blanche. Rodée à l'exercice, je complète sa phrase, présente l'*Aquarius*, le navire de SOS MEDITERRANEE qui a sauvé près de 30 000 personnes de la noyade. « Je sais, m'interrompt-il, j'étais là. » Cet homme, que j'appellerai M car je ne suis pas autorisée à révéler son nom, nous apprend qu'il a fui la Libye sur une embarcation de fortune, qu'il a failli mourir quand, un mercredi d'été 2016, le grand bateau orange l'a sauvé. Antoine et M croisent les dates, leurs souvenirs. Oui, Antoine faisait bien partie de l'équipage ce jour-là ! L'a-t-il tiré des flots de ses bras ? A-t-il repéré leur embarcation à travers ses jumelles, juché sur « l'île aux singes », la partie la plus haute du navire ? Ont-ils partagé repas, confidences et rires sur le pont ? Je n'ose percer de mes questions le lien mystérieux qui unit les deux hommes, le sauveteur et le sauvé, désormais tous deux secouristes. La conférence va débuter. Nous proposons à M de prendre la parole avec nous. Un cliché immortalise nos trois visages différemment troublés. M tient le micro, la tête affaissée vers le sol, un bras croisé sur sa poitrine comme s'il se retenait de tomber. Je suis tournée vers lui, absorbée par son récit. Le regard d'Antoine est perdu au loin, triste et inaccessible. Pendant tout ce temps, Arnaud était là mais je ne m'en souviens pas.

À l'époque, M m'avait demandé d'attendre les résultats de sa procédure de régularisation pour révéler son nom, dans le cas où je serais amenée à parler de lui publiquement. Plus tard, il m'avait tenue informée que la procédure avait échoué. Aujourd'hui, M ne répond plus. Qu'est-il devenu ? A-t-il été expulsé ? A-t-il retenté la traversée de la Méditerranée, remisé à nouveau son corps sur les vagues ? Est-il encore vivant ? La route migratoire qui mène de la Libye à l'Italie est réputée être la plus meurtrière au monde. Les campagnes de harcèlement et de criminalisation des ONG de sauvetage y ont rendu leur travail plus difficile encore. Le site web du projet Missing Migrants, porté par l'Organisation internationale pour les migrations de l'ONU, fait le décompte le plus précis et le plus actuel possible des morts en Méditerranée. Sur leur carte, les naufrages sont représentés par de gros points orange sur lesquels il faut cliquer pour connaître le nombre de morts. M a-t-il disparu dans l'une de ces taches ? À l'époque où j'étais porte-parole de SOS MEDITERRANEE, il m'arrivait d'intervenir plusieurs fois dans une même journée. Pour réviser mes chiffres, je retournais sur le site et m'apercevais qu'en quelques heures des dizaines, parfois une ou deux centaines, de personnes s'étaient ajoutées au décompte macabre.

Sans compter ceux qui échappent aux points orange. Ceux qui sombrent sans laisser de trace et resteront à jamais des disparus pour leur famille, des béances, des deuils impossibles.

Et puis ceux que les garde-côtes libyens interceptent. Ces derniers, formés et équipés par l'Union européenne, les ramènent, lors d'interventions souvent peu soucieuses de leur survie, sur une terre où ils seront à nouveau torturés, violés, peut-être tués. La Libye, à laquelle une zone de « sauvetage » sur les eaux internationales a été attribuée. L'alibi.

Quelques jours après notre discussion téléphonique, je retrouve Arnaud à la terrasse ensoleillée du Vieux Châtelet, en bord de Seine. Son tee-shirt découvre des tatouages qui semblent remonter jusqu'aux épaules. Ses bras sont à l'image de sa voix, ciselés, robustes, secs. Tandis que le soleil me contraint à porter des lunettes, lui, le visage nu, plisse à peine les yeux. Son regard est droit, rectiligne. Il pourrait se briser, je pense à nouveau, comme tout ce qui est trop sûr, trop plein, trop déterminé. Je cherche la faille, la blessure. Pas la fêlure intime, non, mais à travers lui, je cherche à affronter notre faille collective.

Une psychanalyste madrilène m'a un jour donné cette définition de la santé psychique : l'accord entre les pensées, les paroles et les actes. Quand j'interroge Arnaud sur l'origine de son engagement, sur ce qui a été un déclencheur, il me répond : « L'écart entre mes principes et mes actions, ou plutôt mon inaction, m'était devenu intolérable. »

Non pas que la souffrance ait depuis déguerpi. Ni que le sauvetage soit thérapeutique. Lorsque nous nous retrouvons, Arnaud revient de sa septième mission en Méditerranée et il a décidé que ce serait la dernière. Cauchemars. Nausée dès que son pied touche le pont du navire. Impossibilité pour lui de se baigner en Méditerranée – « Cette mer si bleue qu'il n'y a que le sang qui soit plus rouge », écrivait Claudel que je trouve soudain moins énigmatique. Atroce déferlement de souvenirs, d'émotions « négatives » comme Arnaud les qualifie avec pudeur. Risque, partagé par tant d'autres sauveteurs rencontrés sur sa route, de perdre sa famille, de s'en couper à force de vivre ces expériences indicibles qui lui collent à la peau. « Des choses aussi bêtes que la beauté de la mer ou le plaisir de nager en mer n'existent plus », me dit-il.

Si la santé correspond à l'accord des actes, des paroles et des pensées, alors quel diagnostic poser sur une société qui clame la préservation de la vie comme principe intangible mais laisse indifféremment mourir des hommes par dizaines de milliers à ses frontières ? Est-elle tout entière malade ? Les déclarations peuvent faire plus de mal que les silences, quand elles sont fausses, aux endroits où elles restent lettre morte. Tel est l'état en Méditerranée de la Déclaration des droits de l'homme – dont la France est pourtant la patrie. Les États se défaussent. Ils se déresponsabilisent de leur mission de sûreté. Sur la terre, en étranglant les hôpitaux jusqu'à requérir l'action de bénévoles dans les services d'urgences. Sur les côtes et sur les mers, en déléguant le sauvetage à des associations qu'ensuite, comble du retors, ils criminalisent.

Quelques jours avant ce salon du secourisme où j'ai rencontré M et oublié Arnaud, le ministre de l'Intérieur avait accusé les ONG de sauvetage de complicité avec les passeurs. Quel signal cet homme, alors chargé de notre sécurité, nous envoyait-il à nous, ses concitoyens, par cette équation : sauver une vie équivaut à un crime ?

À travers Arnaud, son parcours atypique, sa détermination, son courage, l'énergie qu'il a déployée pour sauver des vies, parler de nous toutes et tous, abîmés par cette faille. Sans perdre de vue le fantôme de ces pages. M. L'initiale de son prénom et de cette mer qu'il a traversée une fois, peut-être deux, et qui l'a peut-être englouti. Significative, cette inversion de l'ordre de l'effacement. M avait éclipsé Arnaud mais n'est plus désormais qu'une trace dans ce texte.

Alors j'écris sur Arnaud non pas en tant que

héros mais en tant que symptôme. Celui des habitants de Skala Sikamineas, dans le nord de l'île de Lesbos, qui ont vu les cadavres de Syriens affluer sur leurs plages. Celui d'un pêcheur sicilien et de son fils partis en mer à l'aube, les filets vides et le cœur léger, rencontrant une embarcation trop pleine, trop abîmée, dont ils n'ont pu sauver qu'une partie des passagers. Celui des travailleurs de la morgue de Sfax, en Tunisie, qui, ces dernières semaines, ont été contraints d'entasser sur le sol 92 dépouilles de personnes d'origine subsaharienne parce que aucune municipalité n'accepte de les enterrer. Celui de cet ancien marin marchand, improvisé sauveteur, qui garde la sensation de la main glissée de la sienne avant de couler à pic. Celui de cette médecin légiste italienne, Cristina Cattaneo, accomplissant, entourée de son équipe, un travail titanesque : identifier les morts de la Méditerranée. Retrouver leur nom, leur famille. Enquêter à partir d'un tibia fracturé, d'un sachet de terre érythréenne récupéré au fond d'une poche, d'un bulletin scolaire cousu dans la doublure d'une veste, sésame d'un avenir rêvé, tronqué. « Que des personnes meurent noyées dans une tempête, cela arrive. C'est terriblement triste mais c'est surmontable. Quand l'élément humain s'ajoute à la violence de la mer, ce n'est plus supportable. C'est la violence institutionnelle permanente qui est insurmontable. »

À quarante-quatre ans, sans la moindre notion de sauvetage ni de navigation, mauvais nageur, en proie au mal de mer, époux, père de trois petites filles et salarié à plein temps, Arnaud décide de devenir marin-sauveteur en Méditerranée. S'il avait l'âge de postuler à la réserve militaire dédiée à Vigipirate, c'est dans l'antiterrorisme qu'il s'engagerait peut-être. Arnaud fait des attentats du Bataclan et des naufrages en Méditerranée un même déclencheur. « J'ai pris conscience du caractère inutile de mon existence en tant que citoyen, pas en tant qu'être humain. »

Lui qui tient à peine une longueur de crawl s'entraîne chaque jour à la piscine, s'informe sur ce domaine éloigné de ses recherches, passe des diplômes de secourisme, se forme au milieu d'hommes tous plus jeunes, au corps plus vif, essuie l'incrédulité de son entourage. « Ils me prenaient pour un fou. C'était comme si j'avais annoncé que je partais sur la lune. » Pas étonnant que ce soit là que la stupeur est la plus forte, dans l'unité de recherche parisienne dont il est le directeur depuis plusieurs années. Un métier qui mène à prendre des distances intellectuelles, et bien souvent émotionnelles, avec le réel, à se déconnecter de l'action. Un monde académique où l'engagement a globalement cessé d'être une valeur, y compris sur le strict plan intellectuel.

Aussi, lorsque Arnaud m'écrit pour la première fois en juin 2019, quelques jours avant son embarquement à bord du *Mo Chara*, pour sa première mission de sauvetage en mer Égée, c'est ce point qui m'interpelle : l'écart entre son profil professionnel et son action de marin-sauveteur. Le même raisonnement semble l'avoir guidé. C'est aussi parce que je suis chercheuse qu'il m'a contactée. SOS MEDITERRANEE venait de publier une interview filmée où je me présentais (j'étais alors postdoctorante dans un laboratoire de sciences sociales de l'EHESS) et où j'expliquais mon activité bénévole au sein de l'ONG. J'y racontais la rencontre marquante avec M.

Le 6 juin 2019. « Bonjour Amina, je viens de voir votre interview sur le site Facebook de SOS MEDIT et votre témoignage sur le salon du secourisme m'a d'autant plus parlé que j'y étais ce jour-là. On s'est croisés rapidement, je suis un ancien de la Croix-Blanche, passé à la SNSM et dans 15 jours je serai sur le bateau *Mo Chara* de l'ONG Refugee Rescue à Lesbos pour une petite quinzaine. Anecdote amusante, je suis aussi chercheur (CNRS), et jusqu'au 1er janvier 2018 j'étais rattaché à une UMR EHESS. »

Je réponds avec enthousiasme, intriguée et intéressée par les nouvelles que pourra me donner ce collègue de sa mission en Méditerranée. Quelques jours plus tard, un premier témoignage me parvient. Sur la photographie, Arnaud est en plein sauvetage, la tête baissée, la mine sombre sous son casque bleu de l'ONG Refugee Rescue. Il s'apprête à sortir d'une embarcation une petite fille en pyjama. Il est triste. La colère gronde déjà peut-être. À l'instant, il a remis à un policier grec un bébé et sa mère tout juste sauvés des flots. Ils seront emmenés dans le camp de Mória, pour deux années. Sauver, d'accord, mais pourquoi ? Sur la photographie, c'est l'étrangeté de son bras qui me frappe. Légèrement arqué et détaché du buste comme si son corps le rejetait. Un bras à l'action contradictoire, qui délivre des flots pour livrer à la police.

Au cours des six missions de sauvetage suivantes, Arnaud a rencontré bien d'autres impasses institutionnelles, pouvant donner lieu à des mises en danger, des décisions douloureuses, des traumatismes. Le refus de Malte de déployer ses moyens de sauvetage dans ses eaux territoriales puis son mensonge, en prétendant ne jamais avoir été alertée. Ce téléphone, dans une embarcation en détresse, dont il a pu fouiller la liste des appels, s'apercevant ainsi que les garde-côtes italiens avaient été appelés à plusieurs reprises, avaient répondu, avaient promis de venir, et ne s'étaient jamais déplacés. Cette course sur les vagues pour atteindre, avant les garde-côtes libyens, un bateau endommagé dont les occupants se jettent à la mer. À l'œil de celui qui se débat dans l'eau, il mesure le temps qu'il lui reste avant d'intervenir, avant que le corps s'enfonce dans l'eau. La fois de trop. Épuisé après cinquante-six heures de recherches en mer sans dormir, il doit choisir, parmi les embarcations en détresse, celles qu'il sauvera et celles qu'il devra abandonner. « Les ONG sont condamnées à gérer la souffrance. Les équipages sont confrontés à des choses auxquelles ils ne devraient pas être confrontés. »

Dans un manuscrit qu'il m'a fait l'amitié de me donner à lire, Arnaud raconte ses aventures. Aussi n'en dirai-je pas plus. Si ce n'est revenir sur cette nouvelle métamorphose : son activité actuelle de formateur auprès de la Marine nationale, la Douane, mais aussi la SNSM, dans la Manche. Plusieurs de leurs membres y ont vécu des situations d'autant plus traumatiques qu'ils étaient insuffisamment formés. Voir 27 cadavres flotter dans les eaux. Des dizaines de personnes se débattre au milieu des vagues. Ces officiers ont demandé à leur hiérarchie à être formés au sauvetage de masse. Ainsi cette compétence acquise par les ONG dans un contexte de désertion des institutions va-t-elle être intégrée aux savoirs institutionnels. Pourvu que cette initiative essaime jusqu'en Méditerranée et que redevienne mystérieuse cette phrase de Claudel : « Cette mer si bleue qu'il n'y a que le sang qui soit plus rouge. »

Kamel Daoud

Le mur de la mer

Au début du mois de mars 2022, les habitants d'Aïn Turc, village côtier situé à vingt kilomètres à l'ouest d'Oran, se réveillèrent face à un MUR. Brutal et imprévu, il séparait désormais la plage des maisons, fermait les escaliers donnant accès aux sables, condamnait les terrains vagues qui se prolongeaient autrefois jusqu'aux algues. Il était déjà long de plusieurs centaines de mètres, et on comprit vite que l'œuvre n'était pas achevée et que la construction allait séparer définitivement la mer des habitants. Le mur allait se prolonger, leur annonça-t-on, sur des kilomètres, tel un rempart armé, invraisemblable et évident à la fois : un mur pour interdire.

Pour les Oranais, la plage d'Aïn Turc sembla soudain plus vide, plus vide encore qu'au plus rude hiver. Voulait-on vraiment enfermer la mer – ou plutôt les villages de la côte ? Dans les deux cas, c'était absurde et scandaleux. Je me souviens que mes amis, les habitants du village, ont d'abord réagi par la moquerie et le dédain. Opposer le rire à l'impuissance est un vieux réflexe de ce pays trop souvent déçu, comme une manière de se prémunir contre la douleur.

Mais le mur était bien là, arrogant, continu.

Il isolait abruptement de la mer les maisons de « première ligne », les plus proches des plages d'Aïn Turc, anciennes villas d'Européens, parfois restaurées, souvent tombées en ruine.

Pouvait-on interdire la mer ? La mer autrefois immédiate, fulgurante. *Faisant partie des murs* pour ainsi dire, offerte à tous et brusquement retirée, comme un tapis sous les pieds.

Des blocs de béton installés sans crier gare là où, naguère, on foulait le sable à pieds nus. Le mur interdisait même le spectacle dépouillé de la mer et le ciel parut s'être craintivement rétracté. Comment avait-on pu ? Comment avait-on osé ?

Des semaines durant on espéra que le tollé provoqué par ce scandale ferait fléchir les maîtres d'ouvrage, les maîtres d'Alger. En vain.

Rien n'y fit, ni pétitions, ni campagnes de presse, ni rassemblements de riverains et de militants, ni interpellations des responsables, ni les sempiternelles railleries qui tiennent lieu ici de résistance. À Alger les « décideurs » étaient déterminés à mener à terme ce chantier aberrant, qui prenait des allures guerrières. Une guerre pour empêcher les « harragas » d'accéder à l'eau. Les harragas, ces migrants clandestins qui rêvent de fuir pour rallier l'Espagne en quelques heures à bord de leurs Zodiac surmotorisés. Ces jeunes gens qui, pour conjurer l'effroi, se mettaient parfois en scène, espiègles et hilares, dans leurs vidéos ou leurs selfies. En vérité, ils étaient graves, terrorisés par les vagues.

Les « décideurs d'Alger » voyaient là une grave offense à l'image que ce pays se fait de lui-même. Rien de pire pour une utopie que la dissidence : on ne peut pas fuir ouvertement un pays qui a mené une aussi dure guerre de libération que celle de l'indépendance. En effet, fuir cette liberté chèrement acquise révélerait sa vraie nature : une illusion, une chimère. Et à chaque chaloupe qui accostait au nord, l'opinion se tournait vers la Dictature pour l'interroger d'un regard lourd et muet.

Le mur avançait, inexorable, par pans entiers. D'énormes grues colmataient la moindre ouverture vers la plage, « tuant » la mer et tuant le village qui vivait de la mer. Parce qu'on n'avait pas pu la vaincre, la mer était refoulée derrière ce mur que rien n'avait annoncé, ni les journaux, ni les discours de mise en garde des « décideurs d'Alger », ni même l'armée, pourtant obsédée majeure des frontières.

Le mur avançait. On pouvait encore accéder aux plages, à pied, en file indienne, par des sortes de trappes, des meurtrières ouvertes dans le corps de cette pierre unique. À la queue leu leu, comme lorsqu'on monte dans un bus. Pour revoir la Méditerranée qui nourrit l'âme et appelle les désespérés. Pour Alger, la mer n'était pas une urgence, ni un patrimoine. Les habitants pouvaient bien tempêter, hurler leur colère, l'impératif d'État s'imposait, non négociable, souverain. Il fallait fortifier le pays contre la Méditerranée.

Il fallait empêcher l'exode d'un pays piégé depuis 1962 entre la Religion et le Culte des martyrs de la décolonisation. Quitte à enfermer la mer, comme dans un verre d'eau.

On affubla alors le mur de plusieurs noms rappelant de lointaines actualités : mur de la honte, mur de Berlin, mur de l'apartheid... L'ouvrage fut moqué, insulté, montré du doigt, photographié comme la énième preuve du délire collectif d'un Régime qui ne savait plus gouverner que par l'interdiction et la théorie du complot. « D'ailleurs jusqu'où allait-on le construire ? Jusqu'au Maroc ? Sur plus de mille deux cents kilomètres ? »

Ces questions n'entravaient pas l'œuvre inexorable. Il avait été décidé en haut lieu que la mer, complice de secrètes trahisons, coupable d'infanticides, devait être enfermée. La fortification empêcherait les invasions et les évasions, elle intercepterait les traîtres fuyards, les déserteurs, les nageurs nus.

Je me souviens de ce que j'ai ressenti derrière les blocs de béton. Le ressac, comme une plainte, un monologue aggravé.

On pouvait envisager ce mur réel et incongru sous l'angle de l'absurde : c'était une preuve concrète d'incompétence. Voilà où menait l'incurie des bureaucrates sots et tyranniques. Il leur fallait faire montre d'autorité, frapper un grand coup, car les harragas continuaient à fuir et à se filmer, réjouis et heureux, effrayés par l'eau énorme qui montrait ses tombes dans la houle. Ils continuaient à creuser cette saignée qui renvoyait du pays l'image d'un goulag des corps et des désirs, expression d'un échec majuscule. On fuyait et la fuite, par son contraste lumineux, éclairait le pays pour ce qu'il était : une caserne de vétérans de guerre, pathétiques et morbides.

Les harragas fuient. Dès l'incise de la traversée ils entonnent de maladroits chants de bonheur, leurs voix si peu familières des joies sonores, si peu habituées à vocaliser un rêve, brisent l'omerta et dénoncent la connivence de la croyance et du nationalisme. Elles interpellent ceux qui sont restés, « Continuez à faire semblant, nous, on ira vivre ! » Visages émaciés, regards hagards, ce n'est pas le Régime qu'ils tournent en dérision, mais ceux qui continuent à faire semblant de le croire.

Le « délit de sortie illégale » du territoire, article 175 bis du Code pénal, date de 2009. Il prévoit une peine de prison assortie d'une lourde amende pour ceux qui « tenteraient de quitter le territoire sans passeport ou visa ». Une loi « en totale contradiction avec la Déclaration universelle des droits de l'homme qui spécifie que toute personne a le droit de quitter tout pays, y compris le sien, et d'y revenir ».

Dans *Le désert des Tartares*, Dino Buzzati évoque ce « premier appel visible de la terre du Nord, du royaume légendaire, dont la surveillance incombait au fort ». Je songe depuis des mois à relire ce roman, mais plus lentement cette fois.

On fit campagne contre les harragas, on enrôla les prêcheurs, les imams et leurs fatwas qualifiant les clandestins d'assassins et de « suicidés ». On mobilisa la fibre du patriotisme contre l'appel du Nord. Les tirs à balles réelles des garde-côtes sur ceux qui rançonnaient les « clandestins » au moment du départ, les vidéos mettant en scène des mères éplorées et des cadavres de noyés aux visages boursouflés. En vain.

Les « partants » fuyaient cet ennui ogre qu'eux-mêmes fabriquaient. Ils s'évadaient d'un pays où n'étaient célébrés que les martyrs morts pour l'indépendance, un pays qui cultivait le déni de la vie. À l'étranger, il faut expliquer avec précaution et pédagogie que, dans ce pays, l'ennui n'est pas un acte solitaire, mais un ouvrage collectif. L'interdiction de « boire », d'aimer, de caresser le nu, d'embrasser, vivre ou voyager n'est pas l'apanage de la Dictature, mais également l'ordre suicidaire réclamé par beaucoup au nom de la religion ou des ancêtres. Chaque migrant clandestin, ou presque, a lui-même mené la guerre contre le « vice » et l'Occident avant d'y aspirer comme à une monstrueuse liberté. Le même jeune homme qui crie sa joie de délivré au cœur de l'eau peut être celui qui battait sa sœur parce qu'elle avait aimé. Celui qui fréquentait assidûment la mosquée pour se laver de son propre corps, le voilà au milieu des flots, mort de peur, qui espère désormais les lèvres d'un amour ou la fortune d'une ville d'Europe. Ces jeunes fuient aussi leur œuvre malheureuse, une prison dont ils emportent avec eux la moitié des pierres. Plus tard ils auront affaire à ces pierres encombrantes, et rêveront de les ériger à nouveau. Certains, inguérissables, emportent avec eux le mur d'Aïn Turc. Un nouveau mur.

Dans l'une de mes histoires, un personnage explique que « pour certains, le seul moyen de vivre dans une prison, c'est de s'en faire les gardiens ». La mer attire ceux qui veulent être libres, mais ils se savent presque tous gardiens de la prison qu'ils fuient. Dans leurs vidéos, on voit ces jeunes, entassés dans les glisseurs, le visage fermé pour certains. Ils s'en veulent d'avoir tant tardé à vivre, ont peur de la mort imminente, sont terrorisés par la liberté sans fin et se promettent au plus intime d'eux-mêmes des actes de contrition pour conjurer le sentiment de culpabilité, l'impression d'avoir trahi leurs dieux. Des années plus tard, ces contradictions feront leur malheur dans les villes d'exil. Je les ai rencontrés, et souvent ils savent que la mer n'a pas suffi à achever leur départ.

La mer est aussi un désert et chaque désert a ses déserteurs. « C'est du désert du nord que devait leur venir leur chance, l'aventure, l'heure miraculeuse qui sonne une fois au moins pour chacun. À cause de cette vague éventualité qui, avec le temps, semblait se faire toujours plus incertaine, des hommes faits consumaient ici la meilleure part de leur vie. » Il faut que je relise ce roman.

Si j'écris ces lignes, c'est parce que ma théorie va plus loin. La construction de ce mur, dans ce village, ne raconte pas qu'une aveugle et risible incompétence, mais le lien de cette terre à sa propre mer, une parenté houleuse, une lutte ancienne : Comment repousser la mer ? Comment la vaincre et en nier l'existence ? Et pourquoi le désire-t-on si ardemment ? Que reproche-t-on au juste à la mer ? Peut-on vaincre ce rire qui a un million d'années ? Cette usure antédiluvienne qui en nous lime la sédentarité ?

Le mur est gris et monotone. Blocs imperturbables, incrustés dans le sol. Un préfet venu s'enquérir de la « situation » fit des concessions : on creusa des portes d'accès, sortes de hublots permettant d'entrevoir la mer en se tenant debout sur la pointe des pieds. La terre devint comme une soute de navire et on en était réduit à ce parloir humiliant entre soi et l'infini.

Le mur avançait.

Debout mais aveuglé par le ciment, je sentais la mer qui butait et se retirait, amputée de terre, encagée, comme appauvrie, sans vis-à-vis. L'eau sombre revenait sans cesse mais, comme à l'homme à qui manque le Nord magnétique, le Sud essentiel lui était dorénavant refusé. Vous l'aurez noté, la mer se heurtant contre un mur devient vivante et apte à des sentiments comme l'incompréhension. Elle affleure à la surface de la langue des hommes.

Du sable gris était piégé entre le mur et les vagues, à peine visible. Bandelettes dévitalisées, comme ces champs de guerre que l'on tient neutres et excavés par les bombes, ces anciens no man's land des guerres de tranchées, où les corps amis et ennemis pourrissent avec des lettres dans les poches. On se serait presque surpris à chercher ici des balles, des trous d'obus, des lambeaux de chair et d'uniformes. Soudain, je comprenais que mon petit monde en avait été bouleversé : on venait aujourd'hui à Aïn Turc pour voir le mur et non la mer. La vieille Méditerranée était déclassée.

Debout dans le vent léger de la matinée, avec un ami, j'entends des voix qui se hèlent, un vent plus fort arrive puis abjure et, dans le ciel, seuls les goélands imitent la liberté : ils se laissent porter par les courants, s'immobilisent comme au bord d'un suicide, en équilibre dans le rien absolu, puis choient en riant et se relèvent à fleur d'eau pour recommencer ce jeu qui se moque de tout. « Allons faire un tour », me lance mon ami. Ses phrases se perdent un peu dans les airs. Toute la mer, grise, puissante et unie, cherche son issue en nous, en chacun de nous qui la scrutons et tentons de la retrouver, sur la pointe des pieds, à travers les lucarnes. « Maintenant, Drogo contemplait le monde du septentrion, la lande inhabitée à travers laquelle, disait-on, les hommes n'étaient jamais passés. »

On arrive à Aïn Turc par la route de la Corniche, à moitié faite de mer. Elle fut tracée dès 1932, à flanc de montagne, entre mer et ciel à l'ouest d'Oran. Après un tunnel, la route marine devient une anse qui côtoie le fort Lamoune, nom attribué par les Espagnols évoquant les singes de la montagne Murdjadjo, « castillo de los Monos » ou « fort des Singes ». Anciennement appelé « bordj El-Houdi » (le fort du Juif), il fut aussi surnommé par les Oranais « fort l'Amour », quand un cabaret y prit place dans les années 1990, en pleine guerre civile. Aujourd'hui, ce sont les militaires qui y logent, méfiants envers la mer, accaparés par la guerre imaginaire qui obsède tout le pays.

Les lieux évoquent encore le souvenir des stations balnéaires, des bateaux de plaisance, des baignades folles et sauvages sur des plages aujourd'hui interdites. Dans *Noces*, Albert Camus raconte la naissance de cette route de vacanciers. « Jour et nuit, un peuple de fourmis s'active sur la carcasse fumante de la montagne. Pendus le long d'une même corde contre le flanc de la falaise, des dizaines d'hommes, le ventre appuyé aux poignées des défonceuses automatiques, tressaillent dans le vide à longueur de journée, et détachent des pans entiers de rochers qui croulent dans la poussière et les grondements. Plus loin, des wagonnets se renversent au-dessus des pentes, et les rochers, déversés brusquement vers la mer, s'élancent et roulent dans l'eau, chaque gros bloc suivi d'une volée de pierres plus légères. À intervalles réguliers, dans le cœur de la nuit, en plein jour, des détonations ébranlent toute la montagne et soulèvent la mer elle-même.

« L'homme, au milieu de ce chantier, attaque la pierre de front. Et si l'on pouvait oublier, un instant au moins, le dur esclavage qui rend possible ce travail, il faudrait admirer. Ces pierres, arrachées à la montagne, servent l'homme dans ses desseins. Elles s'accumulent sous les premières vagues, émergent peu à peu et s'ordonnent enfin suivant une jetée, bientôt couverte d'hommes et de machines, qui avancent jour après jour, vers le large. Sans désemparer, d'énormes mâchoires d'acier fouillent le ventre de la falaise, tournent sur elles-mêmes, et viennent dégorger dans l'eau leur trop-plein de pierrailles. À mesure que le front de la corniche s'abaisse, la côte entière gagne irrésistiblement sur la mer. »

La route dégage l'atmosphère d'une promenade de sentinelle, discrète et furtive, du haut de quelques remparts soupçonneux. On s'imagine gravir une crête, le pied attentif, les chevilles dansantes entre deux à-pics. À gauche, le Murdjadjo et ses rumeurs de base militaire secrète, à droite, un mur neuf sur lequel des silhouettes d'ouvriers déroulent la plante vénéneuse, les fils barbelés. Là le mur est de nouveau infranchissable : il interrompt la vue, cache la mer entière comme on le ferait pour punir un prisonnier. Des plaques rappellent en caractères rouge sang PROPRIÉTÉ MILITAIRE.

Tout est fait dans ce pays pour démanteler la mer, la barricader et la condamner à l'attente immobile et ombrageuse. Le long de la route de la Corniche, creusée comme un passage souterrain alors que le ciel est là, on voit l'essentiel : bridant la mer, les casernes militaires accaparent les plus beaux horizons d'Oran.

ACCÈS INTERDIT. À droite, à flanc de montagne, on aperçoit des entrées scellées. Des herses, des barbelés, des guérites vides. Pas de soldats. Cette absence humaine rend la menace plus lourde, on se sent surveillé par quelque chose de plus embusqué qu'une sentinelle. La mer ne grimpe pas si haut, reste en deçà de la rade.

Autrefois, en arrivant d'Oran depuis l'est, on pouvait montrer aux enfants de vieux sous-marins rouillés, des navires militaires épuisés et comme cloués dans l'eau. Mais avec la muraille la mer n'est plus qu'une rumeur.

Dans mon pays, on ne comprend plus la mer.

Je me risque donc à cette première hypothèse : la mer est perçue comme ennemie de la nation.

Comment la vaincre et la refouler ? Cette Méditerranée vole nos enfants qui s'enfuient avec sa complicité, elle les noie, dénude nos femmes quand elles s'en approchent, inquiète les hommes impuissants. Telle est l'interprétation chargée de rancune qui domine. *Sa géographie ne raconte pas notre histoire glorieuse.* Pour les militaires, la mer est surtout une traîtresse logée dans le flanc de chacun. Toujours elle trahira. Dans le langage des politiques, l'ennemi n'est-il pas qualifié d'« ennemi de derrière la mer » ? L'expression, en arabe, est répétée à l'envi depuis la Capitale. Les invasions sont toutes arrivées par le nord, disent-ils, par la mer. Alors la mer sera pour toujours celle qui nous a dénoncés. La litanie de ses vagues n'effacera pas cette infamie. Chez nous, elle n'est pas seulement le contraire élémentaire de la terre mais celui de la nation tout entière. La mer n'est plus grosse de l'histoire ancienne des corsaires algérois, des pirates et des captures mystérieuses. Non, elle est pour nous un leurre, l'éclaireur de l'ennemi. La mer est la brèche dans nos remparts, le maillon faible de nos défenses, le territoire que l'on peine à colmater pour enfin posséder un pays sûr. Sa déchirure est trop large, inquiète le corps, le pays, la mémoire.

L'étrange et impossible posture d'un mur flanqué au sol, renversé d'un seul tenant, à plat, c'est cela la mer dans ce pays. Et si un jour on imagina un mur pour arrêter les harragas, c'est que ce mur n'était pas invraisemblable, il existait déjà dans nos imaginaires, avait déjà un sens trouble et puissant. Ce n'est pas une incompétence, mais une vieille histoire commune.

Dans *Le désert des Tartares* les soldats rapportent leurs hallucinations quand ils fixent trop longtemps la terre inhabitée.

« Ils ont rêvé, c'est sûr. Allez donc croire les soldats ! Celui-ci dit une chose, celui-là une autre. Certains disent avoir vu des tours blanches, ou bien ils disent qu'il y a un volcan fumant et que c'est de là que viennent les brumes. Même Ortiz, le capitaine, prétend avoir vu quelque chose, il y a bien de cela cinq ans. À l'entendre, il y a une longue tache noire, apparemment des forêts. »

J'en viens à ma deuxième hypothèse : la mer est le *présent*. Je m'explique. La mer est difficile à retrouver à Oran. Elle est là, on le sent au sel, la ville semble continûment prêter l'oreille au ressac, à la rumeur d'un vieux tumulte. Les ancêtres l'évoquent pour parler de l'amour, du temps jadis ou de la mort. Les chanteurs de raï la citent, tout comme les vieux poèmes dont on a perdu la plupart des vers. La mer est aussi convoquée pour interpréter le ciel ou illustrer la séparation des amants. Renversée derrière les immeubles, la mer se trouve en contrebas de la ville, et il faut se pencher par-dessus les balcons ou les falaises de l'est pour l'apercevoir. Elle ne s'embrasse, étale, entière, que depuis le front de mer, cette longue promenade où se dressent des palmiers las et les plus beaux immeubles de la ville ; ou encore plus à l'est, lorsqu'on remonte l'autre flanc de la ville, où autrefois se taisaient les couples amoureux. Lovés dans les rochers, presque *dans* la mer, ils pouvaient s'embrasser.

La mer, prise dans les géométries cubiques du port et de ses grues et de ses rades et de ses navires, se présente en fragments brisés, mal recollée à la terre. On ne peut la ressaisir qu'en s'éloignant vers le nord sans nom, vers ce point cardinal où elle reprend son poids, cette houle qui vous noue le ventre, ce caractère ombrageux où peuvent persister les derniers monstres.

Mais près des rades, elle se rend, elle n'a plus rien d'infini en soi dans ce clapotis piégé, elle se salit.

Les Oranais ne sont pas nageurs et le balnéaire ne fait pas partie de leurs habitudes. Sur le front de mer, surplombant la mer, ils viennent la regarder.

Elle en fait de même.

Mais pour voir la mer entièrement nue, il faut emprunter la route de la Corniche. Là, on peut assister à sa reconstitution saccadée. Elle se rassemble avec orgueil et lumières loin des casernes et des barricades. Le port marchand cède au port des voyageurs, les navires rapetissent, deviennent des chalutiers puis des barques, des quartiers en ruine se rapprochent de la ligne d'eau et de larges enseignes de restaurants vous interpellent. « La Pêcherie », intitulé ronflant pour désigner des lieux de fritures où l'on vocifère et où sont servis, selon les médisances oranaises, des poissons congelés à des touristes naïfs. L'odeur des pourrissements marins y est encore présente et fait imaginer des évasions. On entame le tunnel au pied même de la montagne Murdjadjo.

On racle son pied unique pour aboutir au portique fermé du fort Lamoune. Il faut continuer à grimper la route et au bout d'un quart d'heure la Méditerranée, enfin vivante, surgit à votre droite. Là, son muscle se durcit, une couleur sombre ranime son vieux mystère. On approche des villages côtiers.

Étrange contraste : il y a la mer. Elle a cette puissance monotone dont on ne déchiffre pas la raison, ce ton persistant comme le sang, ce lent mouvement qui lui vient de l'éternité, ces écailles qui la rangent dans l'immémorial (c'est ici que la terre se retourne, car la terre n'est que la mer renversée). Et il y a les villages. Ils sont décrépits, vestiges d'un ancien monde ? J'aperçois une église dont il ne reste que la façade, décombres d'une religion évacuée avec son Dieu et ses croyants. La ruine des murs est violemment soulignée par la jeunesse simple de la mer. Une vieille moto grimpe sur le flanc de la côte et s'épuise, je distingue une mosquée aux couleurs vives. Des tracteurs chargés de citernes d'eau remontent les premières collines pour alimenter les maisons, car l'eau est rare. Les villages côtiers semblent survivre à une bataille perdue, des murs à genoux, défaits. Un entêtement qui n'a plus de raison d'être. Mais les villages sont encore là. Ils servent au moins à se souvenir.

Personne ne l'avouera ici mais, si on regarde la mer, c'est souvent parce que c'est le seul endroit où on n'est pas obligé à une croyance précise et où le temps peut circuler dans les deux sens : le passé, le futur, ou même rester immobile dans les airs comme les goélands. Je me dis que pour que la Méditerranée en vienne à vous changer, il faut précisément chercher son regard au loin. Là où, à peine séparée du ciel, elle commence à l'imiter. C'est là qu'elle peut nourrir le silence, le désir d'avoir un autre corps, un autre pays.

Je conduis et je lui vole des regards. Chacun peut l'éprouver : la mer pénètre lentement l'esprit. Elle vous renverse par sa gigantesque nudité, se déverse en vous, vous emplit. Il faut annuler en soi l'intercession des langues, les croyances. Je l'ai déjà vécu : si on ôte tous les mots de son esprit, la mer nous montre d'où vient la terre. Voici le présent.

Dans ce pays, on aime se souvenir. La mémoire est un culte : la guerre, la libération, les héros, les martyrs, la commémoration, le salut militaire. Or la mer entame la mémoire, la remontée d'eau est néfaste pour le vase du souvenir, contempler les flots nous arrache aux récits du passé, nous propose d'être heureux. De plus, la guerre de décolonisation, la mer n'y a pas participé, n'y a pas aidé. Elle n'a donc pas sa place dans le calendrier des hommages. La mer distrait et soustrait. C'est un rire, n'est-ce pas ? N'est-il pas moqueur ? Les martyrs de la glorieuse décolonisation n'y ont ni traces ni tombeaux. Alors la mer ne sert à rien sinon à limer nos frontières et à accentuer l'inquiétante porosité de nos remparts. Il faut vivre ici pour bien comprendre que ce n'est pas une métaphore mais une méfiance tangible : la mer est une invite scandaleuse à nager, se déshabiller, bronzer et jouir qui ne sied pas à la gravité de mise, elle est comme une insulte au sacrifice de ceux qui sont morts. La mer, alors, il faut la repousser, car elle est trop joyeuse en été, trop immémoriale en hiver. Elle raconte une autre histoire. La lourde houle de son ventre est celle de temps trop anciens. Le mur d'Aïn Turc fait partie de ce refus de la laisser entrer chez soi, en soi.

C'est une journée de brumes : le ciel a un ventre qui touche le sommet des collines, plumeux et doux. Sur le Murdjadjo, on distingue à peine le fort espagnol de Santa-Cruz qui s'y évapore. Le brouillard rend la mer encore plus étincelante, scandaleuse voisine, appuyant de tout son corps contre l'indécision terrestre. Il y a peu de voitures sur la route, c'est le matin.

J'arrive à l'entrée du village d'Aïn Turc. Je prends à droite après le premier feu rouge et soudain je vois un morceau du mur, juste au bout de la ruelle qui descend vers la plage. Il est là, des promeneurs le scrutent, d'autres le touchent. Des grues le surplombent. J'entends les vagues qui arrivent en même temps que moi mais dans l'autre sens. Mon ami S., qui m'a rejoint, sourit, amusé par ma réaction, déjà résigné. Comment est-ce possible ? Des mouettes tournoient dans le ciel.

La troisième hypothèse : la mer, ce mur.

Peut-être reconstruire la mer ? Oui, en fermant les yeux. Rien de plus simple. Les enfants s'amusent à la retrouver dans un coquillage vide. Pour les adultes, le coquillage est la vie rêvée. La mer est différente selon l'angle par lequel on l'envisage. On croirait à son horizontalité physique mais c'est faux. Un Occidental la perçoit comme source de délassement, il en rêve. Il a inventé les congés payés et la mer en a été réinventée peut-être. La mer, c'est le soleil, les vacances, le corps, le bronzage. L'Éden revisité, en somme. Le paradis n'exige plus la mort, mais seulement que l'on ferme les yeux au soleil, allongé, abîmé dans la chaude obscurité pourpre des paupières fermées. On s'installe au bord de la mer pour se dispenser de la gravité. La mer est alors là, horizontale, couchée, infinie, continuant la vie, elle finit par se déverser ailleurs et cet ailleurs n'est plus une terre mais la rêverie ; on n'est pas tenté par la traversée, on se contente de se laisser traverser par elle.

Ici, on la voit autrement me semble-t-il. D'abord, pour les jeunes de ce pays qui veulent partir vivre en Europe, la mer est comme la mort : elle sépare la vie terrestre de la vie idéalisée. Elle s'interpose, comme la mort, entre l'Éden et la chair. La mer, on n'y vient pas pour se reposer mais pour l'escalader et sauter de l'autre côté. C'est un mur haut et large. Quand ces jeunes gens lui font face, ils ne s'y détendent pas, bien au contraire, ils nouent leurs muscles, se raidissent dans l'effort, se cabrent contre la vague, ouvrent leurs yeux pour avaler tout l'horizon, de crainte de rencontrer des garde-côtes, une houle trop haute. La Méditerranée, c'est la vie qui commence, et la mort qui se montre. L'au-delà est bleu.

Les mères d'ici le savent : quand il fait beau, la mer tue. Alors qu'en Europe, quand il fait beau, elle fait rêver. Ici, le beau temps est mortel car c'est quand la mer est belle, plate et étincelante que les plus jeunes se jettent dans des barques vers l'Espagne. Beaucoup reviennent le visage mangé par les poissons. Habituellement les secouristes retrouvent les cadavres vers l'est d'Oran. C'est là que les promeneurs les signalent et que les proches les identifient. Le beau temps est donc le versant aveuglant de la mort.

Dernière hypothèse : le mur céleste. Je continue de rouler vers l'ouest. Je le remarque très vite : très haut, pointant son index grossier vers le ciel, un minaret. Puis un autre. Puis un autre. Pour lutter contre les corps des femmes, les maillots de bain, la nudité, les islamistes ont pensé à un autre mur. Ils érigent un peu partout sur les plages des mosquées car la présence du lieu de prière culpabilise les femmes. Alors que l'éternité est déjà là, offerte, on élève des voix pour prier, juste sous le nez du soleil, et cela détruit ce bonheur.

On en a pris l'habitude. Depuis des années ces mosquées « pieds dans l'eau » fleurissent un peu partout. Pour elles, la mer est un au-delà concurrent.

Ainsi donc, sur cette maigre bande de sable où se réfugie le monde, il s'agit de l'acculer. Peut-être le mur est-il également né de cette croyance : la Méditerranée ennemie de Dieu. Les harragas sont des enfants qui, quelque part, lui préfèrent une autre promesse.

« Drogo, incrédule, crut entendre parfois, derrière certains murs, de lointains échos de rires. »

Marie Darrieussecq

Rencontres différentes avec des voyageurs forcés différents

L'association MigrENS, hébergée à Paris dans les locaux de l'École normale supérieure (ENS), a pour but de permettre à des gens dont les études ont été interrompues par l'exil de les reprendre en France. Nous sommes plusieurs à leur donner des cours de français pour qu'ils obtiennent le diplôme de FLE (français langue étrangère). Leur espoir dans un premier temps est que ce diplôme leur donne accès à de meilleurs emplois.

Dans l'immédiat, ces étudiants et étudiantes sont vigiles, livreurs, maçons, peintres, électriciens, réparateurs de vélos, baby-sitters, femmes et hommes de ménage, mères au foyer ; il y a aussi un père au foyer. « Elles » ne sont pas très nombreuses : au début de l'année elles étaient la moitié du groupe, une douzaine, car l'association insiste sur la parité, mais vers le mois de janvier elles n'étaient déjà plus que trois ou quatre. Certaines réussissent rapidement leur examen, mais pour la plupart la garde de leurs enfants est un problème très difficile à résoudre.

Les hommes travaillent tous, sauf le père au foyer (mais c'est un travail) qui a un accord avec sa femme, et qui écrit, comme moi, à la différence qu'il n'est pas publié et ne peut pas en vivre. Les glacières cubiques des livreurs s'empilent à l'entrée de la salle. Celui qui est maçon étudiait l'architecture dans son pays, il s'agite souvent au fond pour essayer de se tenir en éveil, il se lève à 4 heures du matin pour aller sur les chantiers et enchaîne à 15 heures avec des livraisons. Une des « femmes au foyer » est une poétesse publiée dans son pays. Une autre est une militante féministe. Un autre était caricaturiste pour un journal satirique qui a fermé. Un très jeune homme semble particulièrement désespéré et est souvent atteint de tremblements, mais il vient, à chaque cours. Un autre, qui était policier dans son pays et est maintenant vigile dans une gare parisienne, veut écrire son histoire pour sa fille de neuf ans qui est retenue en otage par la milice du nouveau gouvernement. Deux Sud-Américains ont fui une vague de kidnappings. Une Maghrébine est venue « refaire sa vie », une Syrienne aussi. Au moment où j'écris ce texte, en avril 2022, nous n'avons pas encore vu arriver d'Ukrainiens. Une Yéménite me montre des photos de son village, elle me dit que ce qui l'a surprise le plus quand elle est arrivée à Paris, c'est « l'ordre parfait de la circulation », et aussi la bise, « heureusement que le COVID a arrêté cette coutume ». Je ne pose pas de questions sinon celles qui me semblent inoffensives, histoire de commencer à écrire. Parce que oui, c'est beaucoup demander, de venir écrire en français de 18 heures à 20 heures quand on s'est levé à 4 heures du matin pour livrer des kilos de linge dans un EHPAD ou se faire engueuler par son patron parce qu'on est arrivé en retard et qu'on a laissé derrière soi toute une vie. Ça met la barre très haut, sur le plan pédagogique. Il faut que mon atelier soit intéressant, distrayant, drôle si possible, utile.

Un exercice de « chauffe » habituel, pour écrire, c'est « racontez votre trajet jusqu'ici ». C'est un truc que m'avait donné Anne Pauly. Pas le trajet depuis leur pays natal, houla non, le trajet depuis leur domicile ce matin jusqu'au cours à 18 heures, qui se déroule à la cantine, seul local disponible à l'ENS à cette heure. De temps en temps il faut forcer la voix pour se faire entendre par-dessus l'énorme friteuse mais à la fin du cours on a des frites gratuites. On essaie de mémoriser que *gâteau* ne se termine pas comme *bientôt*, ils et elles constatent que le français est une langue qui demande beaucoup de patience. À partir du mois de février le club informatique nous a prêté sa salle en sous-sol, plus pratique (il y a un grand tableau blanc) mais sans fenêtres.

Leurs trajets sont des épopées. Ils viennent du bout des RER, du bout des trains, jusqu'à la rue d'Ulm (métro Place-Monge, ou RER Luxembourg). La première partie du cours, on travaille un peu la grammaire, surtout les temps : passé, présent, futur, conditionnel. À manier avec précaution, au vu de ce proverbe que m'a cité un Irakien : « Notre passé est tragique, notre présent est insupportable, heureusement, nous n'avons pas d'avenir. » La deuxième partie du cours, on chante des chansons. Je n'ai jamais trouvé mieux pour apprendre une langue. Stromae est celui qui a le plus de succès : bien écrit, pas trop apocopé (on entend toutes les syllabes) et joyeux même quand c'est triste. Joe Dassin remplit aussi tous mes critères : bien articulé, pas trop d'argot, pas de métaphore excessive ; mais *Les Champs-Élysées* a été retoqué – « Vous en avez d'autres, des chansons du XVIIIe siècle ? » Ils me réclament du Angèle (*Bruxelles je t'aime* est un succès). Je leur colle du Céline Dion. Ils chantent Piaf pour me faire plaisir. Juliette Armanet et Clara Luciani leur semblent « tellement françaises ». Françoise Hardy reste la reine pour la diction, Grand Corps Malade va un peu vite. On lit les chansons ensemble, on les passe autant de fois qu'il faut sur mon petit haut-parleur, on note au tableau les mots inconnus. Et puis on parle, on parle. On est là pour ça. Souchon et Voulzy, réclamés par Ibrahim, nous tirent des larmes ; « Soudan, mon Soudan[1] », il la connaît par cœur, il est de là-bas, il nous raconte. Je me dis que si Vladimir Poutine et Bachar el-Assad et Omar el-Béchir écoutaient plus de chansons de variété, de bonnes chansons sentimentales, le monde serait plus doux, les cœurs à l'unisson. Non ?

Allez, on refait l'exercice du trajet, cette fois au passé : « j'ai pris le bus » et non « je prends le bus ». Tous mes élèves ont des domiciles. Ce qui fait une énorme différence avec les gamins (dix-sept, dix-huit ans) que j'avais rencontrés à Calais quand j'écrivais *La mer à l'envers*, roman sur l'exil de masse. Qui est un état du monde,

1. Paroles de *C'est déjà ça*.

et non une « crise ». Une partie de notre planète cherche désespérément à rejoindre une autre partie de notre planète. J'imagine que depuis Mars on devinerait facilement, entre les deux parties, celle où la vie est vivable et celle où elle ne l'est pas.

*

En février 2018 les gamins de Calais dormaient dans la gravière. C'était l'époque (elle perdure, je crois) où notre police avait ordre de démolir tout début de tente, d'abattre tout piquet planté, de déchirer toute bâche tendue. Ils dormaient dans des sacs de couchage posés à même la gravière dans la zone industrielle. Camerounais, érythréens, afghans, soudanais, iraniens, somaliens, éthiopiens, congolais, nigérians, irakiens, kurdes, ils « tentaient ». *Passer* et *tenter* étaient dans leur bouche des verbes intransitifs. Trente-quatre kilomètres les séparaient de leur rêve d'Angleterre, là, toute proche, les falaises blanches par ces jours bleu glacé, à toucher du regard et presque de la main.

Je me disais : dormir à l'abri devrait être un droit mais aussi dormir tout court, dormir d'un trait, le droit à la trêve nocturne comme il y a la trêve hivernale. Ne pas être délogé, au moins, de son sommeil. De ce lieu sûr à soi que devrait être le sommeil. Dans cette « inhospitalité organisée[1] », j'ai vu l'ultime refuge, les sacs de couchage, trempés de lacrymogène. Tom-Tom, un des bénévoles du Secours catholique, me disait : « Qu'y a-t-il de pire qu'être dehors ? Être dehors sans rien. »

Ce non-lieu, ce non-campement, est situé dans le pays mais hors du pays politique, hors de l'espace public, hors de la géographie des hommes ; sur le sol terrestre mais un sol inhabitable. Et il est peuplé de non-personnes qu'il faut contenir et rejeter à la fois. Un non-peuple. Des non-sujets politiques qui ont des non-droits. J'entends encore Damien Carême, le maire de Grande-Synthe, dire : « Personne ne mourra ni de froid ni de faim sur ma commune. » La base de la base, quand on est maire. Non ?

Comment est-on passé de ce mot des années 1990, « sans-papiers », mot juste, descriptif, à ce mot de « migrant », qui maintient les

1. Selon la formule déjà ancienne de Didier Fassin, Alain Morice et Catherine Quiminal, *Les lois de l'inhospitalité. Les politiques de l'immigration à l'épreuve des sans-papiers*, La Découverte, 1997.

exilés en l'air, en suspens, au participe présent, quand les émigrés, au participe passé, peuvent enfin se poser ? En 2006 la ville de Cachan avait provisoirement mis à l'abri dans un gymnase près de cinq cents sans-papiers chassés d'un squat. Toutes sortes de gens, dont des artistes, Valérie Lang et Josiane Balasko en tête, ont cherché des solutions. Il fallait héberger en priorité les enfants. C'est comme ça que j'ai rencontré Ahmed, qui avait exactement l'âge de mon fils, cinq ans et demi. Quand les parents d'Ahmed ont, assez rapidement, été relogés à Aubervilliers, et qu'Ahmed y a été scolarisé – les arrondissements chics de Paris n'ayant pas, faut-il constater, les moyens de cette hospitalité –, je me suis autorisée à me reposer. « L'hospitalité, dit Derrida, c'est l'improvisation. » Cette improvisation m'avait lessivée. Je ne dormais plus du tout. Il y a un coût psychique à l'improvisation, une refonte de la routine, de la vigilance, de l'*emploi du temps*, du contrôle. Mais c'est la vie, probablement, qui m'empêche de dormir[1].

En 2014 j'étais partie, passeport en poche et roman en tête, au point de départ du voyage : à

1. Tout ce passage a paru sous une forme différente dans mon essai *Pas dormir* (P.O.L, 2021).

Niamey, au Niger, point de rencontre de toute l'Afrique de l'Ouest pour traverser le Sahara. Le désert est un obstacle massif, mais tous ceux qui ont bien voulu m'en parler m'ont dit l'avoir moins craint que la mer. Pourtant ils me racontaient aussi que quand un camion tombe en panne les passeurs trouvent souvent moins cher d'abandonner la cargaison humaine que d'aller chercher des secours. Un humain mort occasionne moins de frais qu'un humain vivant. Les cigarettes sont moins pénibles à transporter, et la cocaïne est plus rentable. Le commerce du passage à travers le désert a la pureté du libéralisme sans frein, il en met au jour la logique.

Niamey était aussi le point de non-retour des « refoulés ». En 2014, c'est là que la Libye et l'Algérie déportaient les « illégaux », suite à la politique européenne de blocage des frontières Frontex. L'Algérie et la Libye procédaient à des rafles et déportaient les gens dans des camions à travers le Sahara. De nombreux témoignages ont fait état de morts laissés en chemin et de disparus. À leur arrivée à Niamey, le gouvernement nigérien faisait ce qu'il pouvait : très peu. Le Niger est tout en bas du classement des pays les plus pauvres du monde. À Niamey, ceux qui s'appelaient eux-mêmes « les échoués » n'avaient rien. Pas de chambre, pas de bâche, même pas de carton. Piégés dans la nasse du Niger, ils n'avaient pas les 30 000 francs CFA, 50 euros, pour rentrer chez eux par les lignes de bus vers Monrovia, Abidjan, Accra, Lagos, Calabar, Douala, toute cette Afrique si verte et luxuriante qui ne leur offrait aucun avenir. Certains, même, comme Benedict et Patricia, n'avaient plus aucune existence légale nulle part sur la planète, faute d'état civil pour se prouver d'un pays.

*

Benedict Wleh était très petit, il avait été rachitique enfant. Patricia était maladivement obèse. Benedict parlait dans un mélange d'anglais et de français. Les yeux de Patricia, silencieuse, étaient vides. La dépression, me disais-je, mais non : le désespoir. C'est Mauro Armanino qui me les avait présentés. Mauro était un prêtre italien, lecteur du *Monde diplomatique*, qui faisait ce qu'il pouvait à Niamey pour héberger les sans-abri dans sa paroisse. Benedict me parlait pour que j'écrive son témoignage, et j'ai pu en publier une partie dans *Libération* en 2014. J'ai ici l'occasion de le publier en entier :

Je suis parti du Liberia en 1994. J'étais étudiant. Ça tirait partout. Chez moi on dit : « Big belly kill you. » Ils mangent bien, ils te tuent. C'était la guerre. J'ai voulu me joindre à un groupe mais il fallait payer. Sur le port de Monrovia, j'ai vu un bateau, seul, *ship, alone*, venu de Guinée Conakry. Il était de l'Acomog, ils font le commerce de piment. En plein jour, *broad day*, je suis entré dedans, j'ai escaladé, dans la cale des marchandises, vide, pas de cargaison, mais plein de gens. J'ai menti, j'ai dit que j'avais payé 20 dollars à un militaire à l'entrée. Ils m'ont pris mes chaussures. Je n'avais plus sur moi que ma chemise et mon pantalon. La traversée a duré deux jours. Je volais l'eau des autres en cachette dans leur sommeil. À l'arrivée à Conakry, pour pouvoir entrer en Guinée, j'ai pris un bébé à une femme pour faire croire que j'étais le père.

Un Guinéen m'a acheté des chaussures ! La première personne que je vois, et il m'offre des chaussures ! Je demandais : « Où sont les Libériens ? » Je suis allé au bar Le Palais qui était le spot des Libériens. Mais personne ne m'aide, là. C'était une grosse fête dans ce bar. Où dormir ? Je suis allé sur les bords de la voie de chemin de fer. Puis je suis devenu homme à tout faire chez des gens. Puis j'ai eu un *security job* dans une boulangerie.

J'ai rencontré Patricia à Conakry. Son père, journaliste, a été tué sous ses yeux. Elle a perdu sa mère au marché, dans la pagaille, elle était enfant. Elle a vu un bus et l'a pris au hasard, il allait en Guinée Conakry en passant Freetown en Sierra Leone. À cause des tensions entre la Guinée et le Liberia, nous, ressortissants Libériens, nous étions persécutés. Pour cela nous avons été obligés de quitter la Guinée pour nous réfugier au Mali. Puis nous avons émigré en Algérie où je suis resté cinq ans ouvrier agricole. Le trajet qu'on a pu faire c'était Gao-Arlit (deux jours), puis Tamanrasset (un jour), puis Reggane (encore un jour). Des Touaregs pratiquaient le *mugging*, le rançonnement, il fallait toujours payer. On avait un gallon d'eau et un tuyau, le tuyau c'est très important, pour boire depuis le camion. Les bidons de chacun sont accrochés au bas du camion. On avait du gari (semoule de manioc), du sucre et du lait en poudre. À partir de Reggane on a pu prendre un bus normal.

Nous sommes restés plusieurs années en Algérie et nos tentatives de traverser la mer ont échoué, d'autres nous ont volé de l'argent en promettant de nous amener loin. La vie n'était pas facile. Parfois les enfants vous lancent des pierres et si vous répondez c'est votre mort. Au bout de cinq ans je me suis fait attraper : « Excusez-moi, montrez vos papiers. » Un mois de prison. Très mal traité. On a été séparés. Puis ils nous ont expulsés. Le flic a accepté que je passe prendre ma femme mais on n'avait rien, ni habits ni argent pour le voyage. D'Alger à Tamanrasset on était en bus, on passait de village en village, de prison en prison, pour prendre les gens comme nous. Puis on nous a mis dans un camion comme des animaux. Cette fois la traversée a duré un mois. On n'avait plus d'eau. Ma femme était enceinte et le bébé est mort dans son ventre, à huit mois. (Patricia, toujours mutique, montre son ventre et se met à pleurer.) Depuis on n'a pas d'autre enfant. On a vu le drapeau du Niger et on nous a posés là, cinquante personnes. Les militaires algériens ne prennent pas le temps d'aller plus loin.

De Arlit on a fini par descendre à Agadez et maintenant on est à Niamey depuis des années. Pour rentrer au Liberia on n'a pas l'argent mais aussi, on ne pourrait pas prouver qu'on est libériens, il n'y a pas d'état civil, on n'a aucun papier, depuis tellement de temps. Je veux retourner au pays mais la guerre maintenant s'appelle Ebola, alors on attend. On est passés d'une guerre à l'autre.

Au Niger il n'y a rien.

Dans mon voyage j'ai appris beaucoup de choses : la difficulté des langues, d'être étranger, de trouver une maison, et parfois du mépris. Mais j'ai tourné la page et un jour je veux rentrer au pays.

*

J'ai écrit sous la dictée de nombreux autres témoignages de voyageurs forcés, dans plusieurs endroits du monde. Je ne sais pas si ça fait un « recueil ». Il n'y a aucune ressemblance stylistique car chaque histoire est singulière (certains me l'ont même racontée sur le mode de l'humour et du picaresque), mais le point commun le plus apparent, peut-être le seul, c'est la nécessité absolue de partir.

En 2020 on estimait à 280 millions environ le nombre de Terriens en situation d'exil forcé. Cet état du monde va s'amplifiant, ne serait-ce qu'à cause du changement climatique et du capitalisme finissant qui depuis cinquante ans au moins s'est mis en mode panique. La criminalisation croissante du passage (les réfugiés blancs formant un cas à part) n'y changera rien : à moins de *désirer la guerre*, nous devons organiser au mieux l'accueil de ces voyageurs, et à leur contact nous nous transformerons, comme tout ce qui vit et qui est en changement sur cette Terre.

Ou pour le dire avec les mots du poète :

Et l'Histoire se rit de ses victimes
Et de ses héros…
Elle leur jette un regard et passe…
Cette mer m'appartient.
Cet air humide m'appartient.
Et mon nom,
Quand bien même je prononcerais mal mon nom gravé sur le cercueil,
Mon nom m'appartient.
Mais moi, désormais plein

De toutes les raisons du départ, moi,
Je ne m'appartiens pas,
Je ne m'appartiens pas,
Je ne m'appartiens pas…[1]

1. Mahmoud Darwich, *Murale*, traduit de l'arabe par Elias Sanbar, Actes Sud, 2003.

Erri De Luca

Mal de mer

Traduit de l'italien
par Jean-Marie Laclavetine

Un vers de *L'Énéide* de Virgile est resté imprimé en moi depuis le lycée. C'est une phrase qu'Énée adresse à Didon, reine de Libye, alors qu'elle l'accueille après son naufrage sur sa côte.

Didon lui demande comment il a réussi à échapper à la destruction de Troie. De la réponse d'Énée ressort ce vers essentiel : « *Una salus victis, nullam sperare salutem.* » Pour les vaincus, une seule chance de salut : n'espérer aucun salut.

C'est un paradoxe pour qui n'a pas eu à s'arracher à sa patrie, à chercher une échappatoire à travers le champ de bataille. Pour celui-là il est impossible de comprendre que le salut réside dans l'absence d'espoir.

Pour celui, en revanche, qu'encerclent les flammes qui ravagent sa patrie, ce vers est d'une clarté affreuse. À quoi bon espérer un secours, à quoi bon attendre une aide de l'extérieur ? L'unique infime solution consiste à se débarrasser de tout espoir inutile, à se jeter à travers le feu pour tenter de forcer une issue.

Je me suis souvenu du vers de Virgile durant la semaine que j'ai passée en Méditerranée sur un navire de secours de Médecins sans frontières. Parmi les centaines de personnes hissées à bord, sauvées de la noyade, il y avait des femmes avec des enfants dans les bras.

Existe-t-il une force supérieure à l'instinct maternel de protection ? Quelle puissance avait pu s'avérer plus impérieuse encore, au point de pousser ces mères à risquer la vie de leur progéniture ? La réponse est dans les mots d'Énée : nul espoir de salut. Alors seulement se déploie la tragique énergie du désespoir.

Le désespoir est la force motrice des migrations contemporaines.

Le désespoir pousse une mère à monter de nuit sur un rafiot dégonflé et surchargé. Son geste se justifie par l'incendie qu'elle fuit.

Aucun barrage, aucun refoulement, aucun danger mortel ne pourra faire obstacle au flux des départs sans projet de retour.

Paul Valéry, *Le cimetière marin* : « La mer fidèle y dort sur mes tombeaux. » Il a écrit ce vers en 1920, voici plus d'un siècle. Il voyait une autre mer, et des noms gravés sur des pierres tombales. Désormais la Méditerranée est une fosse commune, dont le fond est jonché de corps anonymes.

Un gamin écrit sur son tee-shirt le nom de sa mère, ainsi quelqu'un pourra lui annoncer un jour qu'il n'est jamais arrivé. Son corps, avec celui de milliers d'autres, sans bagages et sans nom, se dissoudra en un plancton universel qui voyagera dans la chaîne alimentaire. Il deviendra corail, algue, méduse.

Un bateau qui s'approche pour secourir celui dont le corps est déjà à moitié sous l'eau est la manifestation d'un miracle, l'ultime impulsion qui permet au condamné à mort d'échapper à son sort. Aujourd'hui, trouver un port d'accueil est juste l'effet de la chance, et non plus celui d'une obligation légale.

Il faudrait un poète, cent ans après Valéry, pour écrire la mer d'aujourd'hui, calme et étale comme un suaire.

Chaque été je reviens me baigner dans la Méditerranée, je plonge bras en avant, je nage sur le dos, face tournée vers le ciel. Ce n'est plus la mer de mon enfance, elle n'est plus elle-même. Elle n'est plus celle des tempêtes de Jonas, d'Ulysse, d'Énée, de Paul de Tarse, de Shelley, qui prévenait les navigateurs par des bourrasques ou des vols de mouettes, et conseillait de rejoindre la côte pour se mettre à l'abri.

Désormais c'est une mer de noyades sans tempêtes. Désormais des navires passent auprès des naufragés et poursuivent leur route, indifférents. Désormais les pirates libyens battent pavillon des garde-côtes, ils raflent les fuyards pour les ramener à l'esclavage, au commerce des corps humains.

Je n'ai jamais souffert du mal de mer. Aujourd'hui je sens le mal de la mer.

Jean-Baptiste Del Amo

Moussa

En homme libre

À l'entrée de la ville, sur une grande arche blanche, on lit « Soyez les bienvenus à Boké ». Boké, c'est aussi la région minière homonyme située sur les bords du Rio Nuñez, dans le nord-ouest de la Guinée. Une région exsangue, exploitée pour ses gisements de bauxite, un minerai extrait pour la fabrication de l'aluminium. Le déboisement, les feux de brousse et la production de charbon en font l'un de ces nouveaux enfers sur terre où les conditions climatiques se dégradent si vite que l'on ne fait désormais plus qu'y survivre.

C'est ici qu'est né Moussa, d'un père soussou et d'une mère peule. Il a vingt et un ans aujourd'hui. Lorsqu'il a eu neuf ans, son père est mort et l'horizon occulté par les fumées des mines de Boké a semblé alors se refermer définitivement.

L'homme croyait aux vertus de l'éducation et avait scolarisé son fils. À son décès, comme le veut la coutume, la mère de Moussa doit épouser le jeune frère de son ex-mari. Pour échapper à cette tradition, elle fuit chez sa mère, laissant son fils sous la garde de l'oncle, un éleveur de moutons et de chèvres. « L'oncle disait ne pas pouvoir soutenir les frais de scolarité et il m'a envoyé garder le bétail dans la brousse, raconte Moussa. J'avais commencé à apprendre à lire et écrire et je savais que l'école serait le seul moyen pour moi de parvenir à mener une autre vie que celle-ci. L'oncle ne voulait rien entendre. C'était un homme violent, il me battait à la moindre occasion, il n'était jamais satisfait de moi. J'ai choisi de fuir à mon tour pour me réfugier chez ma grand-mère, où j'ai temporairement retrouvé ma mère. »

Mais l'aïeule n'a pas non plus les moyens de scolariser Moussa. L'enfant n'a d'autre choix que de retourner garder le bétail, des vaches cette fois. Jusqu'au jour où la grand-mère croit trouver une occasion d'émancipation pour son petit-fils : « Elle connaissait un homme qui vivait à Conakry, un voisin qui revenait de temps en temps au village. Elle lui a demandé de me prendre sous sa garde et de me scolariser à la capitale. Il a accepté et je l'ai suivi à Conakry. J'avais dix ans. »

L'homme tient un petit commerce et vend des sachets surgelés d'eau potable. Prétextant ne pas pouvoir inscrire Moussa à l'école en milieu d'année scolaire, il le contraint à travailler pour lui. « J'ai compris qu'il ne me scolariserait jamais. Il était aussi impitoyable. À ses yeux, je ne travaillais jamais assez, je ne vendais jamais assez. Si je revenais sans avoir écoulé tous les sachets d'eau, il me battait et me privait de repas. Comme j'allais vendre tous les jours à la gare routière, les chauffeurs se sont habitués à ma présence et m'ont pris en sympathie. Un jour, l'un d'eux est venu me trouver et m'a demandé pourquoi je n'allais pas à l'école. Je lui ai expliqué ma situation. Il a commencé de m'acheter tous mes sachets d'eau qu'il distribuait à ses collègues. C'est lui qui m'a proposé de l'accompagner au Mali. Il connaissait là-bas un ami qui pourrait m'accueillir et s'occuper correctement de moi. J'ai accepté de le suivre et nous sommes partis pour Bamako en voiture. »

Moussa passera quatre ans au Mali. Il y est accueilli par Oumar, un homme d'une trentaine d'années, propriétaire d'une épicerie dans l'un des quartiers populaires de la capitale. S'il ne retourne pas à l'école et aide à la boutique, Moussa mange à sa faim, ne subit plus de violences et connaît un bref répit sous la protection bienveillante de son nouveau tuteur.

L'un des frères d'Oumar vit en Libye, où il possède quelques boutiques. En raison de la situation politique, il peine à gérer ses affaires et demande à Oumar de le rejoindre pour l'aider. « Je ne pouvais pas imaginer retourner en arrière après ce que j'avais vécu, alors j'ai décidé de partir avec lui. Nous avons traversé en bus le Mali, le Burkina Faso et le Niger jusqu'à Agadez, aux portes du désert. De là, un pick-up devait nous conduire en Libye. Après une semaine de traversée du Sahara, les pneus ont crevé. Nous n'avions presque plus d'eau et notre chauffeur n'avait qu'un téléphone satellite et pas de GPS. On ne savait donc pas où on se trouvait exactement. Au troisième jour, lorsque enfin les dépanneurs nous ont trouvés, nous étions entre la vie et la mort. »

Il leur faudra deux semaines pour traverser le désert, passer la frontière libyenne et atteindre la ville de Sabha, depuis laquelle ils prennent un taxi supposé les conduire à destination. « Mais nous avons été arrêtés par un groupe d'hommes armés et cagoulés. Ils nous ont contraints à descendre du véhicule, nous ont passé des cagoules et ils nous ont enlevés. J'avais quatorze ans, je ne comprenais pas ce qui m'arrivait. Le soir, ils nous ont enfermés dans un garage où ils nous ont fait passer la nuit. Le lendemain matin, un homme est entré et nous a dit que nous avions été achetés. Je ne comprenais pas. Achetés ? Pour moi, un être humain ne pouvait pas être acheté, seulement des objets. Ils nous ont donné un morceau de pain et un yaourt et ils nous ont conduits aux champs. »

Commencent pour eux des mois de travaux forcés dans des champs de concombres et de patates douces, sous la menace de kalachnikov. « Tu ne pouvais même pas te relever quand tu le voulais. Il y avait beaucoup de travailleurs. Si quelqu'un chutait ou désobéissait, ils lui tiraient dans les pieds. Nous n'avions presque rien à manger et bientôt les gens ont commencé à tomber gravement malades. Les plaies à leurs pieds se sont infectées, certains mouraient d'épuisement. Beaucoup de gens ont trouvé la mort et nous devions creuser des tombes dans le sable. »

Oumar essaie de veiller sur Moussa comme il le peut. Il lui répète qu'il peut tenir bon, qu'il ne doit pas baisser les bras. Au bout de six mois, tous sont pourtant à bout de forces. Leurs geôliers décident alors de se débarrasser d'eux et les chargent à coups de bâton à l'arrière de fourgonnettes. Dans les véhicules, pas d'aération. La chaleur est insupportable et l'oxygène ne tarde pas à manquer. Ils n'ont aucune idée de leur destination. Lorsque les portes sont rouvertes, ils sont pris de vertige, titubent et tombent à terre. À peine ont-il recouvré leurs esprits qu'on les force à embarquer à bord de bateaux pneumatiques à moteur. « Ils ont désigné quelqu'un au hasard pour tenir le gouvernail et ils nous ont dit : "Allez tout droit, vous irez en Europe." Ils savaient qu'ils nous condamnaient à mourir en mer. Oumar a voulu insister pour qu'ils nous laissent partir à pied rejoindre son frère. Ils l'ont abattu sous mes yeux à bout portant. J'ai senti le sol se dérober sous moi. Je me suis précipité sur un des bateaux. Nous étions près de 130. »

Bien plus que la charge supportée par ce type d'embarcation. Pendant vingt-quatre heures, ils naviguent sans la moindre notion de leur localisation. Ils sont si nombreux qu'ils ne peuvent esquisser le moindre geste et qu'ils ne sentent bientôt plus leurs pieds. Le canot prend l'eau et le carburant laissé par les geôliers commence à se répandre hors des bidons. Est-ce le mélange d'essence et d'eau salée ou la morsure du soleil, leur peau se couvre de brûlures et se détache par lambeaux. Les plus faibles commencent à mourir et ils n'ont d'autre choix que de balancer les dépouilles par-dessus bord pour alléger l'embarcation.

Bientôt, le jour décline. Tous savent qu'ils ne survivront pas à la nuit. Des liens se sont tissés, au camp, en Libye, dans la promiscuité du bateau. « Nous avons vu la mort en face. Nous nous sommes dit au revoir. J'ai pensé : "Voilà, ça y est. J'ai quinze ans et je vais mourir. Je vais retrouver mon père, mais ma mère ne le saura jamais. Elle ne saura jamais comment je suis mort, sur terre ou en mer." Depuis mon départ de Guinée, quatre ans plus tôt, je n'avais plus eu de nouvelles d'elle. »

Le ciel de la Méditerranée s'embrase quand surgit un bateau qui navigue dans leur direction. Ce bateau, Moussa n'en sait encore rien, c'est l'*Aquarius*, le « bateau citoyen » affrété par SOS MEDITERRANEE. Si tous sont soulagés à l'idée d'être sauvés, ils sont aussi terrifiés à la perspective d'être aussitôt reconduits en Libye. Mais lorsque le bateau approche, les secouristes s'adressent à eux en anglais et en français. « Alors, nous avons compris. Ils nous ont dit de rester calmes. J'ai été le dernier à monter sur le bateau. J'étais gravement malade. On voyait tous mes os à travers ma peau. Tu ne pouvais même pas regarder mon corps. Et je ne m'étais pas lavé depuis six mois. »

Les secouristes identifient les rescapés par l'attribution d'un bracelet, en fonction de l'urgence de leur état de santé. De l'eau potable, des vêtements propres leur sont distribués. Un médecin ausculte Moussa. S'ensuivent trois jours d'attente à bord avant que l'*Aquarius* ne reçoive l'autorisation d'accoster à Trapani, en Sicile. Moussa est aussitôt transféré à l'hôpital le plus proche où il passe une semaine avant d'être reconduit au centre. Trois semaines plus tard, il est envoyé à Bari, dans le sud de l'Italie, dans un foyer pour mineurs.

« C'était le moment de l'élection présidentielle en France et nous regardions les informations sur le téléviseur du foyer. J'ai demandé où se trouvait la France et j'ai voulu savoir comment y aller. Il m'a fallu plusieurs jours pour traverser l'Italie en train. Je n'avais pas l'argent pour payer les billets et chaque fois que j'étais contrôlé on me demandait de descendre à la gare suivante puis on me dressait un PV. Je suis quand même parvenu à Vintimille où j'ai passé deux semaines. J'étais sans arrêt repoussé par les douaniers qui m'ont dit : “La prochaine fois, on te jette au fond de l'Italie et tu ne reviendras jamais.” »

Moussa n'a d'autre choix que d'essayer encore. Par chance, il parvient à monter à bord d'un TGV et débarque enfin à Marseille, gare Saint-Charles. Perdu, toujours gravement affaibli, il n'ose pas s'aventurer dans la ville et quémande sa nourriture aux abords de la gare. Quelques jours plus tard, une femme lui offre un sandwich et remarque la gravité de son état. Elle le conduit à Imaje Santé, une association d'accueil, d'écoute et d'information destinée aux jeunes âgés de douze à vingt-cinq ans. Moussa est immédiatement dirigé vers l'hôpital de la Timone où il est de nouveau hospitalisé pendant deux semaines. Chaque nuit, les mêmes images le hantent et le réveillent en sursaut : il revoit encore et encore cette plage libyenne, les coups de feu, le corps d'Oumar assassiné.

À sa sortie de l'hôpital, Moussa est pris en charge par une association partenaire d'Imaje Santé, l'Addap13, qui tente de lui trouver des solutions d'hébergement. « En un mois, j'ai connu quinze familles d'accueil. Je passais une nuit par-ci, une nuit par-là. J'ai logé dans tous les arrondissements de la ville. J'étais complètement perdu. Le seul endroit que je reconnaissais, c'était le siège de l'association. Quand je voyais le logo Addap13, je pensais : “Là, au moins, je sais où je suis.” »

Une famille lui propose finalement de l’accueillir plus durablement. Sa situation doit être légalisée par un juge des enfants. Pour monter un dossier, Moussa doit réunir des documents administratifs qu’il n’a jamais eus en sa possession. Par l’intermédiaire de Facebook, il parvient à contacter un cousin. « C’est lui qui est allé au village prévenir ma mère que j’étais en vie. Le jour où nous avons pu nous parler, l’émotion était trop forte. Tout ce que nous pouvions faire, c’était pleurer et nous demander : “Comment tu vas ?” »

En 2017, Moussa entend parler par sa famille d’accueil, qu’il considère aujourd’hui comme sa famille de cœur, d’une réunion organisée à Marseille par une association venant en aide à des naufragés de Méditerranée centrale. « Je parlais peu de ce que j’avais traversé. Je ne maîtrisais pas encore très bien le français, et ce sont des choses que je n’osais pas raconter. Mais j’ai voulu assister à cette soirée. Quand j’ai vu les photos du bateau, j’ai reconnu le logo de l’*Aquarius*. J’ai compris que c’était ce bateau qui m’avait secouru. Je me suis effondré en larmes. »

Ce soir-là, Moussa retrouve les volontaires qui

faisaient partie de la mission qui lui est venue en aide. Il comprend la nécessité de témoigner et décide quelques jours plus tard de contacter SOS MEDITERRANEE pour informer l'association qu'il est désormais prêt à partager son histoire.

En 2021, Moussa obtient un CAP d'électricien et commence à travailler en alternance, ce qui lui permet de louer un appartement. À l'issue de sa formation, il est décoré de la Légion d'honneur de l'apprenti méritant et participe à cette occasion aux Olympiades des cent ans de la Légion d'honneur, à Paris, aux Invalides. Il poursuit aujourd'hui sa formation par un bac pro métiers de l'électricité et souhaite ensuite passer un BTS. Sa demande de carte de séjour « vie privée et familiale » lui a néanmoins été refusée par l'administration française et Moussa n'a pour l'instant obtenu qu'un titre de séjour temporaire qui ne lui permet pas de rendre visite à sa famille en Guinée. Il prépare un dossier pour déposer une nouvelle demande.

Lorsqu'on lui demande comment un enfant qui a traversé toutes ces épreuves parvient à se construire malgré tout, Moussa dit trouver une consolation dans sa foi : « Ce que je porte, ce sont des cicatrices, des tatouages sur mon corps interne. Je suis croyant, je me dis que tout ce que je dois traverser, c'est Dieu qui me met à l'épreuve. Chacun a son destin, celui-ci est le mien et je dois y faire face coûte que coûte. »

Moussa a depuis créé sa propre association, Guinée à Marseille, qui organise des événements, des activités sportives et culturelles dont les bénéfices sont reversés à des associations caritatives. La structure propose également une aide à l'insertion aux jeunes étrangers et un accompagnement dans leurs démarches administratives.

Il se consacre aujourd'hui à l'écriture d'un livre dans lequel il revient en détail sur son histoire et son parcours de Boké à Marseille.

Si ses cauchemars n'ont pas totalement disparu, ils ne surviennent désormais qu'une à deux fois par mois. Ce dont rêve à présent Moussa, c'est de faire sa vie en France et de pouvoir bientôt retourner voir sa mère. En homme libre.

Ananda Devi

La sixième vie

Mars 2022

Au moment d'entrer dans la prison, le pied en suspens sur la marche, sentant se poser sur moi le poids de ce lieu qui ne nous regarde pas mais nous met au défi de comprendre son obscurité, je ressens une vive douleur à la base de mon dos. Plus que le bienveillant mais inquiétant avertissement des organisateurs de cette visite, *préparez-vous, cela ne laisse pas indemne*, ce pincement caractéristique des grandes angoisses ressemble à une mise en garde. Je n'ai pas envie de marcher courbée en deux comme une vieille. Je me redresse avec précaution, tente de défaire discrètement le coincement des vertèbres. Elles craquent, mauvaises.

Dehors, le printemps lyonnais : fausse douceur qui dissimule un cœur glacial, brèves giboulées de pétales, soleil à peine enhardi ; une invitation à fuir la bâtisse qui se dresse devant moi, faite d'interdits.

Autour de moi, les échos d'un monde en délitement. Comme ici, entre ces murs. Jeu de miroirs entre deux époques.

La visite de la prison de Montluc fait partie des événements littéraires autour du prix Montluc Résistance et Liberté. En cette époque de lave et de sang, ces mots résonnent d'une triste injonction. Presque d'un aveu de défaite. Résistance ? Les images et les nouvelles qui nous accueillent chaque matin prouvent l'impuissance du monde face aux fous furieux. Nous sommes faibles, friables, imbéciles, incapables d'empêcher une guerre sans faire la guerre. Incapables de rompre la boucle de l'histoire parce que les cobayes que nous sommes n'ont jamais appris le chemin hors du labyrinthe. Toutes les guerres sont la preuve de la faillite humaine.

La visite de la prison n'en est que plus lourde de sens et de menace.

Elle est vieille, vétuste comme le sont tous les bâtiments institutionnels du début du XXe siècle destinés à ce genre de fonction – hôpitaux, asiles d'aliénés ou prisons –, là où les habitants n'ont besoin, semble-t-il, ni de beauté, ni de lumière, ni de réconfort, ni même d'air. La laideur est après tout une incarcération de plus. Une manière d'annihiler toute velléité de liberté. Alors, murs jaunâtres, verdâtres, grisâtres (comme si ces coloris avaient été inventés exprès pour les institutions), surfaces qui, même nettoyées, semblent enduites de la graisse des colères, des tristesses, d'une infinie larmoyance, ensevelies sous l'invisible pourriture du désespoir.

Il me faut passer le cap. Entrer, lourde et fangeuse, là où le sol se dérobe et le ciel s'éteint. Parce qu'il n'y avait pas de ciel pour eux, pour elles, surtout pour ceux qui y ont été incarcérés pendant la Deuxième Guerre mondiale, prisonniers militaires, prisonniers sous le régime de Vichy, prisonniers sous l'occupation allemande, prisonniers de la Gestapo, dont un grand nombre seront massacrés en masse aux environs de Lyon. Après la guerre, ce sera au tour de ceux qui luttent pour l'indépendance de l'Algérie. Onze d'entre eux seront guillotinés dans la prison même. Et celle-ci, devenue civile, continuera de fonctionner jusqu'en 1997, pour l'aile des hommes, et jusqu'en 2009 pour l'aile des femmes ; il fallait bien qu'elle continue à servir.

2009. C'était hier. J'ai du mal à le croire. Ce ne sont pas que des murs. Ce sont des restes humains, des pensées, des terreurs, des révoltes, une amère lancinance, qui constituent la chair de cette prison. On y entre, même libre comme moi, comme si on endossait le poids de ces vestiges, de ces rémanences. Impossible de faire autrement. Tout, ici, nous parle de mémoire.

Me voici face aux cellules. La lumière qui s'infiltre à travers les vitres sales et les grillages noirs est du même jaune chassieux que les murs. Le printemps est resté dehors. Entrez, me dit-on. La couarde a envie de prendre la fuite. Comme si une barrière physique lui interdisait ce pas à l'intérieur des cellules, comme si sa terreur de l'enfermement atteignait ici son apogée. Je me raisonne. Il me faut voir. C'est pour ça que je suis là. Il n'y a pas les odeurs qui régnaient quand il y avait des hommes, des femmes, des plus ou moins vivants dans ces cellules. C'est propre. Mais elles font quatre mètres carrés. Quatre. Mètres. Carrés. Au début, individuelles. Puis recevant deux, puis quatre, puis huit, puis dix prisonniers… La nudité de l'horreur. Pas de sanitaires. Juste des tinettes (mot bien trop léger pour ce que cela signifie). Sans doute des matelas au sol, puis même pas. Une pensée ridicule me vient, le titre d'un film d'horreur, *La nuit des morts-vivants*, mais bien sûr, ce n'est pas un film, ce n'est pas de la fiction, ce ne sont pas des zombies apocalyptiques : ces morts-vivants, c'étaient nos pareils. Ils arrivaient ici, et ils ne savaient pas s'ils étaient morts ou vivants. En suspension entre deux états. Lorsque la porte s'ouvrait, c'était pour qu'ils soient transportés ou ensevelis.

J'y entre et dans ma tête la porte se referme derrière moi, je ne suis plus dans le présent. Ma peau brûle.

Sur les murs, des affiches racontent l'histoire des prisonniers internés ici pendant la Deuxième Guerre mondiale. Pour la plupart, des résistants. Leur âge surprend : seize ans, dix-sept ans, vingt-quatre ans. Des gamins. Déjà prêts à se battre pour ce en quoi ils croyaient. Des regards clairs ou profonds, de beaux visages lumineux, la sépia les sublime.

Sommes-nous aujourd'hui dans un monde qui résiste ? Que ferions-nous, vous, moi, face aux oppresseurs ? Quelle est l'étendue de notre courage ?

On m'a dit, dès le début de la visite, que le prisonnier le plus connu est Jean Moulin. C'est grâce à sa présence ici (il mourra des suites des tortures subies à Lyon) que ce lieu n'a pas été démoli et a été transformé en mémorial. Mais il y en a tant et tant d'autres. L'un d'eux, René Leynaud, était un poète. Il sera exécuté à Villeneuve. Albert Camus dira ceci de celui qui fut son ami :

Il est sorti inconnu de cette lutte où il était entré inconnu. Nous lui garderons ce qu'il aurait préféré, le silence de notre cœur, le souvenir attentif et l'affreuse tristesse de l'irréparable.

André Devigny, un autre résistant condamné à mort, réussit une évasion spectaculaire, la seule de la prison de Montluc. Robert Bresson portera l'histoire à l'écran. *Je m'étais imaginé que j'étais déjà mort,* dit-il dans le film. C'est peut-être ce qui lui a permis de survivre. Le film, pour intense qu'il soit, ne fait pas sentir les odeurs lorsque les prisonniers sortent, portant leur tinette remplie de pisse et de merde pour la vider. Les mains sont propres et lisses. Les blessures et les plaies ne suppurent pas. Mais ici, dans la prison, on peut imaginer tout cela sans difficulté.

Et puis, et puis, et puis. Il y a les enfants de la colonie d'Izieu. Un télex signé par un certain Klaus Barbie le 6 avril 1944 dit ceci :

Il a été mis fin ce matin aux activités du foyer d'enfants juifs « colonie enfants » d'Izieu-Ain. Au total quarante et un enfants âgés de trois à treize ans ont été arrêtés. De plus l'ensemble du personnel juif, soit dix têtes dont cinq femmes, a également été arrêté. Il n'y a été trouvé ni argent liquide, ni objets de valeur. Le transport vers Drancy aura lieu le 7 avril 1944. Par ordre du lieutenant SS Barbie.

Certains mots font effet d'explosion : quarante et un enfants âgés de trois à treize ans arrêtés. Dix têtes dont cinq femmes. Transport à Drancy.

De Drancy, ils seront emmenés à Auschwitz. Les enfants mourront tous dans la chambre à gaz.

Tout cela se sait. Tout a été dit. Mais il faut être debout ici, à Montluc, ou à Auschwitz (où aujourd'hui le poids de la mémoire a du mal à résister aux touristes arrivant dans des cars aux couleurs fluo et dont le premier arrêt passe par les cafés et les snacks, dont le premier geste est de prendre des selfies), pour pouvoir imaginer ce qui se passe vraiment. Imaginer, seulement, car nous ne l'avons pas vécu. Des enfants jetés comme des paquets dans des camions puis dans des trains. Et, une fois arrivés, dirigés vers.

Et les enfants d'aujourd'hui qui meurent sous les bombes, sous les fusils ? Comment vivons-nous leur massacre ?

Connaissons-nous leurs noms ?

Par la fenêtre, on peut voir l'espace où se trouvait la *baraque aux juifs*. On ne comptait pas combien y étaient entassés. Ils n'en sortaient que pour mourir.

Quelques pas encore. Et voici une cellule différente. La photo nous montre un homme. Il semble dans la force de l'âge, mais il a soixante-dix ans. Un regard noir, direct, que rien n'effraie. Il est assis sur la couchette. Il regarde l'objectif. Aucune peur, même s'il doit savoir ce qui l'attend.

Cet homme, c'est Klaus Barbie.

Pas la peine de dire ses crimes. Il a signé l'arrêt de mort des enfants d'Izieu, mais aussi de 14 000 autres personnes, à ce que l'on sait. Il aimait torturer les prisonniers en leur plongeant la tête dans un seau d'eau et d'ammoniaque. Et par bien d'autres sévices, évidemment. Il en avait parfait l'art.

Après la guerre, il est recruté par les services secrets américains, ce qui lui permet d'échapper aux procès. Il est protégé, installé en Bolivie. Pourquoi ? Il faut une longue traque et des coïncidences pour qu'il soit reconnu et enfin extradé vers la France. Avant son procès, il est incarcéré à Montluc pendant une semaine, pour le symbole. C'est là qu'il regarde le photographe et semble lui dire, de ce regard noir et inflexible, qu'il ne regrette rien.

Rien à dire.

Il est mort. Il n'est pas mort. Il est un mort-vivant dont le regard corrode.

Nous n'en avons pas fini avec les crimes de guerre. Cela veut dire quoi, crimes de guerre ? Toute guerre est un crime.

Barbie a failli finir ses jours tranquillement. Parce que les puissances mondiales ont failli à la simple justice.

Je suis restée là, à le regarder. J'ai pensé à Josef Fritzl, cet Autrichien qui avait enfermé sa fille dans le sous-sol de sa maison pendant vingt-quatre ans et lui avait fait sept enfants. Sa femme ne savait rien, a-t-elle dit. Le regard de cet homme sur les photos m'a fait frémir. Je le regardais en écrivant mon roman *Le sari vert*, autre monstre.

Je me dis que pas grand-chose ne sépare le tyran familial du tyran national. Juste l'ampleur et la portée de leur pouvoir. Toujours, autour d'eux, il y aura des complices et des indifférents. Et des silencieux.

Mes vertèbres se resserrent, j'ai du mal à marcher mais je fais semblant, je marche lentement, comme toujours, pour qu'on ne remarque rien. Je n'ai pas le droit de me plaindre.

Dernière partie de la visite. L'aile des femmes, fermée en 2009. C'était hier. C'est maintenant. Ah, il y a des sanitaires. Pas des tinettes. Mais ce sont quasiment les mêmes cellules. Les mêmes couleurs délavées. Le lieu où elles se lavaient est sordide. Tout est sordide. Il y a aussi un mitard. Et un petit espace où elles pouvaient rencontrer un psy. Des femmes ont été incarcérées là jusqu'à tout récemment. Comment s'imaginer qu'elles puissent être réintégrées dans la société, après ça ?

Celles qui étaient enceintes pouvaient garder leur bébé avec elles. En prison. En ce lieu où même la lumière semble empoisonnée. Pour d'autres, un espace avait été aménagé afin qu'elles puissent voir leurs enfants dans des conditions plus agréables. Un arbre pousse dans ce coin ! Mais une prison est une prison.

Alors ? Les droits de l'humain et tout ça ? Des cellules de quatre mètres carrés sans sanitaires pour les hommes jusqu'en 1997. Des cellules un peu plus grandes, mais pour plusieurs femmes, jusqu'en 2009. C'est là notre société éclairée.

J'ai de plus en plus mal. Au-dessus de moi les grillages interdisent le ciel. La chaleur en été doit être insupportable. Faut-il vraiment préserver ce lieu ? Pour la mémoire ?

Oui, oui, j'en suis persuadée. Parce que sans cela, on ne saurait pas. On ne s'imaginerait pas ce qu'ils, elles ont vécu. Des enfants de trois à treize ans. Des résistantes de seize ans. Des adultes face à leur inévitable mise à mort. Des femmes enceintes. Les musées créent une distance, assainissent le souvenir. Les lieux, au contraire, se souviennent toujours et ne nous épargnent rien.

Quand les nazis fusillaient en masse, autour de la région lyonnaise, les habitants venaient recueillir les cadavres pour les enterrer. Découvrant cela, les Allemands on décidé de faire exploser les corps. Afin que nulle trace n'en demeure.

Résistance et liberté. Pauvres mots. Riche ambition. Y croire, encore ? Baisser les bras ? Lever les bras ? Ouvrir les bras ?

Cette nuit-là, ce n'est pas mon dos qui m'empêche de dormir. Ma peau est recouverte de la luisance graisseuse des murs de Montluc. Kaléidoscope. Regards lumineux, visages d'enfants rieurs parce qu'ils ne soupçonnent pas encore, physique de jeunes premiers de certains résistants.

Lorsque je finis par sombrer dans une somnolence inquiète, je fais un rêve, non, un cauchemar.

Mars 2024

La prison de Montluc a été remise en service pour recevoir les arrivages massifs de réfugiés.

C'est sa sixième vie. Il n'y a pas suffisamment de lieux disponibles, on l'a réhabilitée afin d'y *accueillir* (est-ce bien le mot ?) les milliers d'hommes, de femmes, d'enfants dégorgés d'un monde qui se désagrège. Depuis le Tigré, le Mali, la RDC, le Myanmar, l'Ukraine et depuis bien d'autres endroits, il en vient cent puis mille puis dix mille, corps multipliés entrant par les portes de la prison comme dans une gueule ouverte prête à broyer leurs rêves, leurs espoirs, au bout d'une nuit sans lune et sans aube. Un fleuve hâve de naufragés frappés d'une effroyable efflorescence qui ne laissera d'eux que la poussière de leur décomposition.

Dans l'aile des femmes, corbeaux voilés, terrés dans leur douleur, les jeunes filles camerounaises enlevées par Boko Haram. Toutes tiennent dans leurs bras un bébé silencieux né du viol.

La gueule happe, mâche, déglutit. Et toujours, il en vient. La prison vivra encore longtemps.

Accueillons-nous les réfugiés pour mieux les achever ?

Enfin, dans la dernière cellule, un homme récemment arrêté pour crimes de guerre.

Son regard pâle et froid défie ceux qui le regardent. Il dit : je triompherai.

Non, crient mes vertèbres brûlantes.

C'est Camus qui répond :

Si nous sommes encore là, c'est que nous n'avons pas fait assez.

Éric Fottorino

Point zéro

C'était un soir d'hiver 2022 après une lecture de mon texte *La pêche du jour* au Théâtre du Rond-Point, par Jacques Weber et Lola Blanchard. Une jeune femme est venue vers moi, elle s'appelait Paola et venait du Chili. D'abord elle m'a parlé de son ami Hasib qui avait traversé la Méditerranée huit ans auparavant, fuyant l'Afghanistan. C'est Hasib le premier qui lui avait raconté ces traversées effrayantes même quand elles se terminent en vie de l'autre côté, sur une terre ferme faute d'être forcément accueillante. Elle l'avait écouté longuement et, à moi, elle a répété ce qu'il lui avait confié. La mer représentait pour lui un danger mortel en même temps qu'un sésame d'espérance. Pendant les semaines où il avait attendu un passeur à Izmir, une pensée l'avait hanté. Il s'était dit que cette mer avait tous les pouvoirs. Qu'elle était capable d'effacer toute sa vie passée, ou d'effacer toute sa vie future. Il n'a rien ajouté, et tant d'années après ce périple dont il garde en lui les traces douloureuses, elle sait les risques insensés qu'un réfugié a dû affronter pour être là.

Puis Paola a évoqué le Chili. Avec des mots qui d'emblée m'ont saisi. Pour elle c'était une évidence. Une cruelle évidence. Ce que nous dénoncions ici de l'inhumanité des pays riches à l'encontre des migrants se reproduisait à l'identique dans son pays. « Chez nous c'est comme en Méditerranée », a-t-elle répété. Devant ma surprise, elle a précisé sa pensée. C'était pourtant simple. « Remplacez la Méditerranée par le désert d'Atacama, remplacez les noyés en mer par les brûlés sous le soleil, remplacez les grillages et les barbelés par les fossés profonds creusés dans ce no man's land pour empêcher les migrants vénézuéliens d'entrer au Chili, et vous comprendrez que c'est la même chose. » Je sentais l'indignation chez cette femme venue travailler à Paris comme correspondante de journaux indépendants chiliens. « La réalité, continuait-elle, ce sont des camps brûlés en plein désert d'Atacama et d'autres actions honteuses qui témoignent du cynisme et l'indifférence des gens vis-à-vis de ces hommes, femmes et enfants qui cherchent juste une place et une vie digne. »

Comme en Europe, ces migrants ne sont pas les bienvenus. Signe que la Méditerranée est le miroir d'une faillite humaine universelle.

J'ai voulu en savoir plus sur ces damnés d'Amérique latine. Il m'a suffi d'une courte recherche sur quelques sites d'information pour prendre la mesure du drame qui se joue entre la Bolivie et le Chili, où chaque jour des centaines de réfugiés tentent de passer irrégulièrement la frontière. Ils sont vénézuéliens, mais aussi colombiens, haïtiens, cubains parfois. L'écueil, point de passage obligé, c'est ce désert situé à l'extrême nord du Chili, ou rôdent des criminels et des trafiquants sexuels qui s'en prennent à ces êtres démunis, sous-alimentés, déshydratés, souvent en mauvaise santé, qui vont à pied, le jour dans une chaleur extrême, ou la nuit par un froid inimaginable qui peut atteindre les moins vingt degrés.

Comme en Europe, l'extrême droite au Chili fait ce qu'il faut pour alimenter les réflexes de peur qui concourent à rendre indésirables ces populations et les exposent en permanence à des exactions violentes. À Iquique, dans le nord du pays, 6 000 personnes ont défilé au début de l'année 2022, agitant les drapeaux de leur pays, pour protester contre les migrants vénézuéliens qui seraient responsables d'une explosion de la délinquance et de la constitution de dangereuses bandes armées. Dans le même temps, contrepoint à ce qui apparaît largement comme un fantasme – mais que l'opinion ignorante reprend à son compte sans réfléchir –, l'ONU s'est alarmée de l'état de faiblesse physique dans lequel arrivent les migrants une fois traversée cette zone suffocante que constitue le désert d'Atacama. Pour arriver jusqu'ici, ces errants partis du Venezuela ont parcouru des milliers de kilomètres, traversant la Colombie puis l'Équateur, le Pérou et la Bolivie avant d'espérer atteindre ce pays « du bout du bout de la chrétienté » qu'est le Chili. C'est d'Iquique que, régulièrement, des vols repartent vers le Venezuela remplis d'hommes (pour la plupart) masqués et menottés, chacun flanqué d'un policier, accusés de trafic de drogue ou de vol, ou seulement d'être entrés en fraude au Chili. Ces expulsions collectives, qui donnent lieu à des images frappantes divulguées dans les médias, sont une manière d'intimider les candidats à l'immigration clandestine. Et le pouvoir en place brandit ce chiffre d'un million de clandestins venus d'Amérique latine depuis 2014 pour trouver une vie meilleure au Chili.

Retour en France. Christelle Dierickx, une jeune libraire de Saint-Jean-de-Luz, m'a demandé de parrainer son premier Festival Lettres et le Vivant. Dans sa proposition, elle évoquait la question des migrants. Encore. Les Pyrénées, le Pays basque, ce n'est pas la Méditerranée. Mais une petite phrase de Christelle a retenu mon attention. « Nous sommes témoins ici aussi du désastre humain. Comme dernièrement ces corps de migrants retrouvés dans la Bidassoa, et les trois Algériens morts sur les rails de la ligne Ciboure – Saint-Jean-de-Luz ». J'avais entendu parler de ces trois victimes endormies près d'une voie ferrée, qu'un TER avait percutées dans leur sommeil. Un phénomène devenu fréquent que ces migrants qui suivent les rails à pied pour déjouer les contrôles de police sans cesse renforcés. Plus les conditions d'entrée sur notre territoire sont durcies, plus ils empruntent des voies dangereuses au péril de leur vie. Comme ces autres migrants venus d'Afrique, qui ont traversé le désert et la mer, et qui se sont noyés entre les deux rives du fleuve Bidassoa en tentant de le franchir à la nage. Tout ça pour ça.

Pendant ce temps, la Libye et l'Algérie évitent à des milliers d'hommes et de femmes rêvant d'Europe de connaître le même sort. Mais c'est pour les exposer à des dangers tout aussi terribles. Depuis le mois de janvier 2022, ce sont quelque 14 000 migrants qui ont été refoulés vers le Niger par ces deux pays. Et abandonnés en plein désert. Dans la zone inhospitalière baptisée le point zéro. Loin de tout. Sans rien à boire ni à manger. Après que des bandes armées les ont attaqués et dépouillés. Comme dans le désert d'Atacama.

Laurent Gaudé

Petit peuple

Je suis d'un tout petit peuple, madame, que la plupart des gens comme toi ne voit pas. Tu entres dans la pièce, tu poses des questions. Tu dis « Nom ? Prénom ? » Tu aimes cela. Tu as beaucoup de questions. « Date de naissance ? Métier dans le pays d'origine ? » Tu regardes ton dossier. Tu suis le protocole. Tu te caches derrière ces mots que tu n'as pas choisis, en pensant être civilisée. Mais je te le dis, madame : il est violent, le protocole. Nom ? Prénom ? Tu continues, tu n'hésites pas à répéter les questions lorsque les réponses ne viennent pas assez vite. Tu es pressée. Il y a beaucoup de candidats. C'est ce que tu dis. Pour que j'accélère, sûrement. Je n'accélère pas. Je ne suis pas candidat, madame. Ce que je demande ne tient pas dans un livre que j'aurais pu lire, dans un dossier que j'aurais pu apprendre par cœur. C'est ma vie que j'amène avec moi. Mais toi tu continues. Cela fait longtemps que tu parles en questions. Nom ? Prénom ? Avez-vous des raisons de craindre pour votre sécurité ? Faites-vous partie d'un groupe ethnique ou religieux persécuté dans votre pays ? Tu déroules toutes les questions que tu connais. Je dis non. Tu n'écoutes pas. Tu crois que c'est la réponse à ta question mais tu te trompes. T'en rends-tu compte ? Je dis non parce que je suis d'un peuple, madame, qui regarde les ports au loin et n'a jamais l'autorisation d'accoster. Mes frères et mes sœurs errent sur la mer, longent les côtes, s'épuisent à fixer des yeux des villes qu'ils ne connaîtront pas. Et lorsqu'on finit par les laisser descendre, ceux qui les accueillent portent des combinaisons blanches comme si mes frères et sœurs étaient contagieux. Je viens d'un tout petit peuple que vous ne voyez pas. Qui n'a aucun pouvoir, n'en aura jamais. Nom ? Prénom ? Je suis esclave, madame, je le sais. C'est cela que je viens proposer. Esclave pour quelque temps avant de repartir. Et vous n'en voulez pas, de notre courage, de notre appétit, de notre envie de s'en sortir, vous n'en voulez pas. Pourtant, des pays se sont construits comme ça… ailleurs, autrefois. Mais vous, non. Et vous avez peur ? C'est ce que vous dites ? Je connais la peur, madame. Je viens d'un peuple qui tète la peur à la naissance. Je ne peux rien pour toi.

Ni écouter tes mots ni répondre à tes questions. Cela ne me dit rien, madame. Tu ne connais rien de mon petit peuple. Tes peurs à toi, ce sont des luxes. Tes maladies, des coquetteries. Je viens de la fatigue, madame. Alors je te laisse là où tu es. Je dis non à toutes tes questions. Tu peux les reprendre. Tu peux en faire des listes, les passer et les repasser dans ton esprit. Je ne veux rien de toi. Je suis d'un petit peuple qui sait faire autrement, qui a toujours su faire autrement. Et je te laisse à ta fatigue. Je ne la comprends pas. Je ne pourrai jamais la comprendre. Parce que la fatigue de mon petit peuple, elle, elle a une odeur, celle des nuits dormies recroquevillé sur soi, celle de la peur des contrôles de police, celle de vies qui s'esquintent. C'est à lui que je retourne, mon petit peuple, et je te laisse, toi, à ta solitude, avec tes questions qui tournent, et si cela doit être un châtiment pour toi, qu'il en soit ainsi, madame, les questions tourneront autour de toi comme des mouches. Nom ? Prénom ? Date de naissance ?... Jusqu'à la fin, et à aucune il ne sera répondu, car ce ne sont pas des questions, ce sont des ordres tournés autrement, ce sont des refus qui font de faux détours. Je te laisse avec elles, et je m'en éloigne parce que mon petit peuple a toujours su reconnaître les aboiements de chiens et il y en a dans chacune de tes questions, alors adieu madame, « non », tu peux garder ce mot de moi, ce simple mot, je te le donne et je l'oppose à tout ce que tu m'as dit : « Non. »

Maylis de Kerangal

Un port sûr

Un port sûr. J'ai grandi dans une ville dont le nom, Le Havre, signifie exactement cela : un refuge pour les bateaux, quelles que soient les conditions de mer et de vent. C'est parfois un simple mouillage au revers d'un rocher, ou bien une anse, une crique plus ou moins fermée. Quand c'est un port, qu'il soit côtier ou situé à l'embouchure d'un fleuve, comme c'est le cas au Havre, il aura été aménagé : des digues le protègent, des feux en signalent l'entrée. J'ai vu bien souvent des navires pris dans la tempête venir se réfugier dans le port du Havre, sachant que derrière la digue Nord les eaux au fond des darses sont toujours assez calmes pour que poser pied à quai se fasse sans danger. De fait, débarquer, embarquer, ces opérations d'accostage ne sont jamais anodines, et je me souviens encore de la fois où mon père, dont le métier était de piloter des bateaux, de les mener à l'intérieur ou de les faire sortir du port, n'ayant pu rentrer à cause d'une mer trop forte, avait dû être débarqué de l'autre côté de la Manche, dans le port de Southampton.

Il n'est pas un marin qui n'ait eu besoin de trouver un jour un abri où réparer une avarie, où jeter l'ancre en attendant que passe la bourrasque. Mais cette notion de *port sûr*, centrale chez les gens de mer, prend une tout autre dimension quand il s'agit d'y débarquer des hommes, des femmes et des enfants qui auront migré sur des embarcations de fortune, fuyant la misère ou la guerre, et auront été secourus : elle transcende une géographie naturelle et convertit de facto un lieu physique en lieu politique. Un lieu de haute tension où se rencontrent migrants, États et ONG, un lieu que quadrillent différents systèmes de lois (nationaux ou internationaux), où se superposent différentes règles et directives.

Depuis 2004, le droit maritime oblige en effet les navires qui ont secouru des migrants en mer à débarquer ces êtres en *lieu sûr*, ainsi défini par l'Organisation maritime internationale (OMI, soit l'agence spécialisée de l'ONU en charge des questions maritimes) : « Un lieu sûr est un emplacement où les opérations de sauvetage sont censées prendre fin. C'est aussi un endroit où la vie des survivants n'est plus menacée, et où l'on peut subvenir à leurs besoins fondamentaux (tel que des vivres, un abri et des soins médicaux). De plus, c'est un endroit à partir duquel peut s'organiser le transport des survivants vers leur prochaine destination ou leur destination finale. » (#6-12) Une définition qui met à mal les politiques migratoires des États européens : au-delà du repas chaud et de la couverture, au-delà de la visite médicale et de la prise en charge des traumas physiques ou psychologiques, elle rappelle alors que le *lieu sûr* est d'abord un lieu où la vie n'est plus menacée, et localise un point d'où l'on pourra repartir, continuer. Où quelque chose est censé se poursuivre – *Gimme Shelter !*

Le port sûr serait donc la fin de la peur. La peur d'être battu, dépouillé, violé, enfermé, torturé, la peur d'être arrêté, contrôlé, et renvoyé au point de départ. Il signerait la fin de l'affolement, du qui-vive, les muscles qui se rétractent sous la peau et la respiration qui se dérègle, la disparition du sommeil, et de cette sensation d'être pris de vitesse, le cerveau subitement court-circuité par la panique – « La terreur est l'accomplissement de la loi du mouvement », écrit Hannah Arendt. Une fois entré dans un port sûr, le corps se relâche, soulagé, car quelque chose est acquis, assuré, et ne peut plus être remis en cause. Tu peux souffler, dormir sans crainte, tu ne risques plus rien, tu es hors de danger, repose-toi.

Or, hostiles au débarquement des migrants sur leur territoire, les États (l'Italie, Malte ou la France) s'arrangent avec le droit maritime en amalgamant la notion de port sûr et celle de port le plus proche, bien que le critère de proximité soit absent de la directive de l'OMI et que le port le plus proche soit parfois, précisément, celui où les droits humains sont *sûrs* d'être violés. Dès lors, pour tout capitaine, identifier un port sûr où achever l'opération de sauvetage et débarquer ceux qu'il aura recueillis en mer devient de plus en plus difficile, comme si les ports sûrs devenaient introuvables, comme s'ils s'effaçaient peu à peu de la carte. En mai 2022, le navire-ambulance *Ocean Viking* affrété par SOS MEDITERRANEE, après quatre opérations de sauvetage au large de la Libye et de Malte et chargé de 296 rescapés, a dû lancer huit demandes d'assignation d'un lieu sûr de débarquement aux autorités maritimes compétentes avant de se voir attribuer, au bout de dix jours, le port italien de Pozzallo. Une trop longue attente en mer pour des êtres traumatisés, exténués, affolés après avoir traversé cette zone de la Méditerranée centrale devenue la route migratoire la plus dangereuse au monde, voire une zone de non-droit.

Le repos ne figure pas parmi les besoins fondamentaux nécessaires à tout être humain mentionnés dans la définition du lieu sûr que formule l'OMI. Il y aurait pourtant sa place puisque, a contrario, la privation de repos constitue une atteinte grave à l'intégrité physique et psychologique des individus. Il est des geôles où torturer consiste à priver les prisonniers de sommeil, et plus encore à les maintenir dans les cris et la lumière, sous l'empire de la menace, cloués dans l'affolement et dans l'incertitude, toutes pratiques sadiques qui concourent à leur déshumanisation. Or, au cœur des missions de sauvetage, les réfugiés voient pourtant s'approcher d'autres visages, ils expérimentent d'autres paroles et d'autres gestes, une altérité nouvelle qui brise la dualité chasseur / chassé, prédateur / proie, en les envisageant comme humains et comme sujets. Pour celui qui a été capturé, entassé dans une prison libyenne, pour celle qui a été pressée contre d'autres au fond d'un canot de bois, d'un pneumatique ou d'une semi-épave, et qui, sauvée, a été débarquée dans un port sûr, le repos n'est en effet pas autre chose qu'une possibilité de se redéfinir comme sujet ; il coïncide avec un retour à soi, permet un accès à sa pensée, à la singularité de son propre récit – me revient cette phrase d'Alain, issue de ses *Propos* (1909) : « C'est dans les moments de repos que l'on sait à quoi l'on pense. »

Refuser un *port sûr* à des migrants rescapés d'un naufrage, les refouler en mer, ne signifie alors pas autre chose que les maintenir en marge de l'humanité. Objets flottants ballottés au large des côtes sans autre projet que celui d'errer sur les flots ou de faire des ronds dans l'eau pour revenir au point de départ, dans ce port d'angoisse et de mort qu'ils auront fui. En lisant le livre de Georges Didi-Huberman, *Le témoin jusqu'au bout*, je découvre le sinistre inventaire que dresse Victor Klemperer des objets et pratiques que les nazis ont interdits aux Juifs et, parmi eux une chaise longue. « Peut-être parce que c'est là qu'on lit et que l'on se repose : pas de détente pour les proies », note Philippe Lançon dans un article à propos de ce texte. Ou comment une chaise longue au fond d'un port, un simple transat de bois et de toile déplié sur un quai, une chilienne où s'allonger sur le dos, les yeux au ciel, peut donner une image du refuge, un havre de paix, la métaphore du *port sûr*.

Carole Martinez

Quelques cailloux dans l'eau

Tu ne sais pas d'où tu viens.

Peut-être es-tu née en route ?

Tu n'as pas d'autre pays que les bras de ta mère, pas d'autres racines que ses jambes qui vous ont portées jusqu'ici.

Tu ne sais ni d'où tu viens, ni où tu vas.

Tu as appris à marcher en chemin.

Tu joues avec des cailloux sur la plage immense et vide.

Tu attends sans poser de questions.

Tu fais des tas, des petits murs qui s'écroulent, tu imagines que tu te construis une maison qui pourrait vous abriter toutes les deux. Une maison si solide que le vent n'y entrera pas ni le sable ni la chaleur ni la douleur ni les larmes ni les vagues. Tu t'appliques, mais, malgré ta patience et les jours de labeur, rien ne tient jamais et il faut recommencer sans fin.

Le soleil arrose ton monde de lumière sèche, tu as soif et tu as peur de regarder la mer.

Tu lui tournes le dos depuis que tu l'as vue pour la première fois, tu lui tournes le dos pour l'oublier. Mais tu l'entends... Tu entends son souffle, elle s'avance, puis se retire. Sa langue d'eau salée tente de t'attraper. Langue liquide, plus large que la plage, langue énorme qui claque, qui lèche le sable, qui rampe jusqu'à toi.

La mer est une bête et ta maman dit qu'il va falloir monter sur son dos.

Comment se fier à ce monstre qui gronde ?

La mer te menace, te répète de faire demi-tour, de retraverser le monde dans l'autre sens, de repartir au désert, de revenir en arrière, d'accepter votre misère et de retrouver ceux qui attendent votre retour pour vous soumettre de nouveau, pour vous blesser, pour vous plier, pour vous noyer sur la terre ferme.

Sait-elle seulement, la mer, ce que vous avez souffert pour arriver jusqu'ici ? Jusqu'à elle ?

Sait-elle la brûlure des chemins et comment le monde vous a écorché les pieds ?

Sait-elle que revenir sur vos pas serait au-dessus de vos forces ?

Que l'espoir qui vous mène est votre seule planche de salut et que le monde que vous quittez est un naufrage ?

Vous êtes de ceux qui fuient la guerre et tentent de rejoindre des proches, partis avant eux. Tes tantes vous ont envoyé de quoi payer votre passage sur l'autre rive.

Le sable, soulevé par le vent, t'entre dans les yeux, tandis que tu tentes de construire ta maison qu'aucun loup ne pourra souffler.

Quand vous êtes arrivées ici, les cailloux étaient déjà là éparpillés sur le sol, et l'on voyait bien qu'il s'agissait des ruines du rêve d'un autre enfant. En en tenant un dans ta paume, tu as senti que les pierres te demandaient de poursuivre ce rêve abandonné, de bâtir cette maison inachevée.

C'est pour ça, car les cailloux te l'ont inspiré, que tu as commencé à jouer avec eux. Tu as imaginé l'enfant qui avait ramassé ces pierres avant toi et tu lui as parlé comme à un ami ou à un frère, tu lui as même donné un prénom que tu aimais bien. Tous les jours, tu retrouvais ton ami invisible et tu jouais avec lui et les pierres sur la plage immense en tournant le dos à la mer. Vous bâtissiez votre maison ensemble, parfois tu lui demandais de te trouver quelque chose de joli pour la décorer : un coquillage ou une étoile de mer.

Ta maman dit qu'il y a une maison de l'autre côté qui vous attend, que sa sœur, ta tante, a un lit pour vous, un lit avec un matelas et des draps blancs qui sentent le propre, une maison avec un toit, une maison où le vent n'entre pas, ni ceux qui font monter les larmes et les cris. Un endroit tranquille dans un monde doux où l'on peut travailler et gagner sa vie sans crainte. Ta maman dit que tu pourras aller à l'école tandis qu'elle s'occupera de gens âgés, puisqu'il y en a beaucoup à aider de l'autre côté de l'horizon et qu'elle a fait ça toute sa vie. Oui, avec gentillesse et dévouement, elle a toujours pris soin des autres et, même durant votre terrible voyage, elle a continué à porter secours aux plus vieux, aux malades, aux mourants.

Mais pour atteindre cette maison, il faut d'abord monter sur le dos du monstre et parcourir son énorme échine hérissée de vagues.

Elle t'a dit : nous partons demain, nous embarquons sur un grand bateau.

Et tu ne sais quoi penser.

Tu te souviens de ce jour où tu jouais sur la plage comme aujourd'hui. En te retournant pour jeter un coup d'œil à la mer sans qu'elle te voie, tu as vu ses vagues charrier le corps d'un enfant de ton âge. Un cadavre qui semblait ballotté par les flots et qui roulait sur le sable, puis repartait dans l'eau, puis roulait de nouveau…

La mer jouait-elle avec lui comme un chat

avec un oiseau mort ou tentait-elle de le rendre à sa terre ?

La mer le grondait-elle après l'avoir tué : « Mais pourquoi donc ne m'as-tu pas écoutée, enfant d'homme ? Tu aurais dû te contenter de ta peine et de ta misère, tu aurais dû refuser de monter sur mon dos, tu aurais dû cesser de rêver à un monde meilleur et t'ensevelir dans un trou sous tes cailloux, tu aurais dû regagner ta prison et reprendre le fil de ton voyage à l'envers, ce fil coupé qui ne mène nulle part qu'au désespoir, tu aurais dû rentrer chez toi et y endurer ton destin. »

Mais nul ne savait d'où venait le petit garçon, de quel pays il était parti, de quelle misère ni de quelle peine, empruntant les routes et s'accrochant à l'exil comme à sa seule bouée, de quel naufrage terrestre il avait été le rescapé. Lui aussi avait marché jusqu'à la plage et sans doute avait-il joué avec les mêmes cailloux que toi et commencé à bâtir cette maison dont tu cherches aujourd'hui encore à restaurer les ruines.

Le petit garçon inconnu charrié par la mer n'avait plus d'yeux, tu l'as vu, mais tu n'as pas pleuré, tu as continué de jouer avec son rêve en tâchant de ne pas avoir trop peur. Et quand les adultes ont tiré son corps sur la plage, ils ont trouvé dans ses poches ces mêmes petits cailloux avec lesquels tu tentais de bâtir ta maison, les cailloux blancs de son rêve que la mer n'avait pas réussi à avaler, et parmi eux, il y avait les quelques coquillages que tu avais demandés. Les adultes les ont jetés, mais toi tu en as fait un tas et tu as mélangé son rêve au tien dans tes petits murs.

Demain, vous partez à votre tour vers l'horizon et tu te rassures en songeant que toi et ta mère vous savez nager : un homme au beau sourire vous a enseigné les gestes qu'il faut faire pour ne pas être digéré par le monstre, pour rester en surface, il s'est allongé un jour sur le sable pour vous montrer. Vous n'avez jamais mis un pied dans l'eau ni toi ni ta mère, mais vous avez nagé sur la plage toutes les deux en riant. Comme ce rire vous a fait du bien !

Le petit garçon dont la mer avait volé les yeux devait avoir ton âge, mais il ne savait pas nager, alors que toi, tu connais les gestes pour dompter le monstre et rester sur son dos. Tous les jours, tu les as répétés, allongée sur le sable dans ta robe à fleurs bleues. Car depuis des semaines, quand tu ne construis pas ta maison, tu traverses la Méditerranée, ventre au sol, tu nages sur la terre ferme en écartant les bras et les jambes, tu reproduis mille fois le même geste, tu nages à côté de ton ami sans yeux pour tenter de lui apprendre la brasse par-delà sa mort, tu nages vers lui pour le sauver.

Demain, dès l'aube, vous partirez.

Vous voilà parquées sur la plage, avec des gens inconnus, il y a beaucoup de jeunes hommes, mais des femmes et des enfants aussi, qu'on porte pour les installer au fond du bateau. Tu es soulevée et déposée sur l'embarcation à ton tour, tu t'assois, ou plutôt tu te recroquevilles pour ne pas prendre trop de place et tu sens les vagues sous tes fesses à travers la coque pneumatique sans doute insuffisamment gonflée. Tu ne perçois plus rien que le brouhaha des corps qui s'amassent autour de toi et le mouvement du canot bringuebalé par les vagues. Ce n'est pas la première fois que tu traverses l'horizon sans le voir. Pour toi, rien ne compte que les bras de ta mère et votre espoir. Elle te tient contre elle, l'homme qui vous a appris à nager reste non loin de vous à cheval sur un boudin, tu l'aperçois, il te sourit en te rappelant les gestes de la brasse. Il t'a offert deux petites bouées orange qu'il a glissées en bracelets autour de tes avant-bras après les avoir gonflées. Elles te serrent un peu, mais un cadeau ne se refuse pas, même si tu sais nager.

Le canot se lance, les vagues le secouent, vous secouent, et tu niches ton visage contre la poitrine de ta mère dans l'odeur de sa peau que tu connais si bien. Dans la poche de ta robe, tu as glissé deux petits cailloux blancs, ronds et lisses, tu les serres dans ta main.

Le moteur pétarade à l'arrière. Tu ne vois rien, tu attends, tu ne sais pas quand vous percerez l'horizon. Tu t'endors dans la berceuse que ta mère te chantonne à l'oreille pour faire taire et le vent et les vagues.

Un petit garçon de ton âge joue sur la plage. Il aime la mer immense et la regarde avec amour, il se baigne jusqu'à la taille dans l'eau glacée avec ses petites bouées orange, puis revient sur la plage en riant. Il se demande ce qu'il y a de l'autre côté, par-delà l'horizon. Il n'y a pas grand monde dans cette crique, il est trop tôt encore, et puis ce n'est pas vraiment la saison, la foule viendra plus tard.

Il voit soudain une forme que les vagues roulent sur le sable, il s'approche, intrigué. La mer dépose à ses pieds une petite fille dans sa robe parsemée de fleurs bleues. Il arrache la fillette à la mer, il la tire de toutes ses forces d'enfant sur la terre ferme. Il se bat contre les flots pour la sauver des vagues.

Malgré la peur, il te prend dans ses bras et essaye de te réchauffer.

Quand les adultes le voient avec ce cadavre, ils se précipitent. Ils vous séparent, ton sauveteur pleure.

Pas toi. Tu n'as plus d'yeux.

Mais le petit garçon a glissé deux cailloux dans tes orbites vides, les cailloux blancs de ton rêve que la mer n'a pas réussi à avaler.

Sa mère le serre dans ses bras pour le consoler, ses bras qui lui sont un pays.

François Morel

Quand un homme

Yves-Marie Le Guilvinec (je n'ai pas besoin de vous le présenter), c'est ce poète breton, marin de surcroît, qui, né en 1870, est mort en mer, trente ans plus tard, exactement en 1900, ce que vous aurez deviné de vous-même (quand bien même vous ne seriez pas spécialement fortiche en calcul mental).

Yves-Marie Le Guilvinec a écrit *La Cancalaise*, *Petit moussaillon*, *Plus rien que le sel*, *La pêche à la morue...* (Je ne vais pas faire la liste de tous ses succès que l'on n'appelait pas encore des tubes quand on les chantait à tue-tête les soirs de beuverie et veilles de grand départ dans le fameux café, situé sur le port de Brest, nommé À l'Espérance, qui dans les années 1950 a été transformé en mercerie avant de devenir au début du siècle nouveau un magasin de souvenirs.)

Une chanson d'Yves-Marie est devenue pour

certains une sorte d'hymne aux sauveteurs en mer, elle s'appelle *Quand un homme.*

Ai-je besoin de vous rappeler les paroles ?

Oui :

Quand un homme tombe à la mer
Si tu es marin
Si tu es humain
Comme à un frangin
Tu lui tends la main
Tu le ramènes sur la terre
Celui qui est tombé dans la mer
Quand un homme va se noyer
Si tu es marin
Simplement humain
Il faut s'employer à le repêcher
Pas le moment de discuter
Quand un homme va se noyer
Faut pas lui demander
S'il a des papiers
S'il a un métier
Ou une fiancée
Faut donner ce qu'on peut
Un coin de ciel bleu
Une poignée de main
Un morceau de pain
Du tabac de ta tabatière
Au gars qu'allait mourir en mer
Quand un homme se noie sur terre
Selon le bourgeois
C'est chacun pour soi

Au lieu de penser à le relever
Comme font ceux qui vont sur la mer
Sauver les gars de leur enfer
Les remettre droits
Et honte sur toi
S'il te vient l'idée
De les laisser crever

Quand on la chantait autour des années 1890-1895, la chanson ne faisait aucunement polémique. Elle rappelait simplement le code de bonne conduite des marins qui avaient à cœur de ne pas laisser mourir des naufragés. Aujourd'hui, les défenseurs du « C'était mieux avant » accuseraient ces sauveteurs d'être des complices de la gauche immigrationniste, de la mafia des bien-pensants…

Yves-Marie Le Guilvinec, à sa manière, droit dans ses sabots-bottes avec montants en toile de voile huilée, disait que c'était mieux avant, après, tout le temps, sur terre, comme sur mer, de faire preuve d'un peu d'humanité.

Marie NDiaye

Rien de pareil à nous

Enfant, j'ai toujours cru que mon père avait quitté Dakar heureux et fier au début des années soixante.

Enfant, j'ai toujours cru que les années soixante avaient été pour mon père la belle saison de son plus grand bonheur et de l'affirmation de ses dons exceptionnels.

J'ai toujours cru, enfant, que le plus grand bonheur de mon père avait été de rencontrer maman au début des années soixante, venant de Dakar, et que la joie de voir confirmés ses dons exceptionnels pour l'étude de l'ingénierie n'avait eu d'égale que celle qu'il avait éprouvée à ma naissance.

J'ai, enfant, toujours cru que ma naissance à la fin des années soixante avait représenté pour mon père venant de Dakar le parachèvement de ses ambitions.

J'ai toujours cru que, forcément malheureux

et opprimé à Dakar, mon père s'était trouvé aussitôt heureux et fier à Paris, d'autant plus qu'il avait rencontré maman et connu le bonheur que cette dernière lui donne une fille, ainsi qu'on disait à l'époque – moi.

Enfant, j'ai toujours cru que mon père n'avait pu que se sentir, à Dakar, accablé, asservi, empêché et que son arrivée miraculeuse à Paris avait fait paraître le modeste mais incontestable génie que renfermait son long corps maigre, souple, retenu.

J'ai, enfant, toujours cru qu'on ne pouvait que se sentir, à Dakar, accablé, asservi, empêché.

J'ai toujours cru, enfant, que l'intense satisfaction qui était la mienne d'être une petite Française, vivant dans le plus beau pays du monde, ainsi qu'on disait à l'époque, mon père venant de Dakar n'avait pu que la ressentir également pour lui, bien qu'il ne fût pas complètement français. Mais comment, pensais-je vaguement, ne pas se sentir heureux et fier de vivre dans le plus beau pays du monde et d'y avoir, en plus, une vraie petite Française de fille ?

J'ai toujours cru que mon père avait toutes les raisons, venant accablé asservi empêché de Dakar, de se réjouir d'avoir la chance et l'honneur d'élever une fille à Paris aux côtés de maman qu'il avait eu le bonheur de rencontrer, venant de Dakar.

J'ai toujours cru que, s'il n'avait pas su apprécier à leur juste mesure cette chance et cet honneur, puisque, la chance et l'honneur, il les a fuis ou peut-être, plutôt, il s'en est éhontément délesté lorsqu'il a abandonné maman et petite fille en 1968, c'est parce qu'il avait été un homme inconséquent, égoïste, avide d'une existence imaginaire dans laquelle, privé de nous, il serait plus grand.

J'ai toujours cru que mon père s'était trompé en quittant brutalement la France, plus beau pays du monde, jolie maman et fillette irréprochable.

J'ai toujours cru que mon père, s'il ne nous avait pas brusquement délaissées, se serait construit en France une vie et une carrière encore plus remarquables que celles dont il a joui loin de nous et qui, certes, sont apparemment glorieuses en tout point, il n'a pas failli, mais, je l'ai toujours cru, ne le sont pas autant, vie et carrière, que celles qu'il aurait eues en France aux côtés de maman et de gentille / jolie / merveilleuse petite fille – moi.

J'ai toujours cru, jeune adulte, que les fautes de mon père ne provenaient que de son caractère et que son crime, plaquer femme gracieuse et enfant exemplaire, ne relevait que de la morale.

Il avait été, ai-je longtemps cru jeune adulte, un étranger à qui la France avait souri et de laquelle, inexplicablement, outrageusement, il s'était esquivé de la plus grossière façon, signant ainsi, à mes yeux, moralement, son propre arrêt de mort.

J'ai toujours cru, adulte, que mon père n'était, finalement, qu'un sale type : un homme sans honneur.

J'ai toujours cru que les hommes, à défaut d'autres qualités plus notables dans la vie quotidienne, se devaient d'avoir de l'honneur et, même, que cette vertu considérable pouvait les absoudre de tous leurs manquements. Ils avaient le droit, s'ils se montraient valeureux, intrépides, généreux, parfois téméraires, d'oublier d'être gentils, d'être tendres, attentionnés.

J'ai toujours cru qu'on ne peut exiger de quiconque tous les mérites.

Mais un homme sans honneur ? Comment lui pardonner, alors, de n'être ni gentil ni tendre ni attentionné ? De quelle qualité peut-il encore se prévaloir ? Quel homme est-il ? J'ai toujours cru que mon père était seul comptable de tous ses défauts.

J'ai toujours cru que, si la difficile enfance des autres hommes forçait à poser sur leurs défaillances un regard indulgent ou compréhensif, la terrible enfance, pour ce que j'en savais, de mon père ne devait atténuer en rien le jugement sévère dont je le gratifiais.

J'ai toujours cru que mon père, si même l'idée lui en était venue, n'avait pas le droit, lui, exceptionnellement, d'invoquer, pour être acquitté en partie de ses fautes, une jeunesse privée de l'amour d'une mère, de la présence d'un père.

Tous les autres, les vivants comme les morts, pouvaient être excusés ou compris, pardonnés, acquittés, pour les siècles des siècles – pas mon père, jamais, pour les siècles des siècles.

Je n'ai jamais pensé qu'il avait pu éprouver en France des sentiments différents de ceux que je lui prêtais, jamais pensé qu'il s'était peut-être senti, dans la belle France de maman, considéré avec méfiance ou hostilité, avec mépris peut-être.

Je n'ai jamais pensé qu'il avait, peut-être, fui le pays merveilleux de son accueil non parce qu'il était, foncièrement, un être ingrat mais parce que, peut-être, il ressentait tragiquement le fait que ses dons immenses, nombreux, que son intelligence exceptionnelle seraient toujours évalués en fonction de son visage et que celui-ci, lèvres grosses, nez camus, sombre peau, empêcherait toute appréciation honnête de ses dons immenses et nombreux, de son intelligence exceptionnelle.

Je n'ai jamais pensé que pépé et mémé l'avaient peut-être, la première fois et même après, mal reçu.

Je n'ai jamais pensé que mes chers pépé et mémé, chez lesquels je passerais en Beauce toutes les vacances, s'étaient peut-être sentis mal à l'aise le jour où maman, jolie maman amoureuse, leur avait présenté mon père, je n'ai jamais pensé qu'ils s'étaient dit peut-être (ignorant alors que j'allais naître et qu'ils m'adoreraient – *vraiment ?*) : mais que fait notre fille avec cet homme aux dons immenses – *non, à la face repoussante* ? Comment ose-t-elle, jolie, candide, amoureuse certes (mais ce n'est pas une excuse) nous forcer à frayer tant soit peu avec cet être aux dons immenses – *non, à la face repoussante* ?

Je n'ai jamais pensé que mes chers pépé et mémé n'avaient peut-être eu nulle aptitude à juger des facultés intellectuelles de mon père, que celles-ci, si même ils avaient pu les entrevoir, auraient moins forcé leur admiration que leur suspicion – il leur aurait été encore plus étranger d'être exceptionnellement intelligent – non parce qu'eux-mêmes ne l'étaient pas mais parce que le champ de leur intelligence, fermé, ne pouvait s'ouvrir à ce qui devait leur apparaître comme une vastitude d'étrangeté.

Je n'ai jamais pensé que pépé et mémé avaient méprisé mon père.

Je n'ai jamais pensé que, tout en ne méprisant nullement mon père dont ils reconnaissaient, depuis leur propre intelligence certes circonscrite mais sémillante, les facultés remarquables, ils l'avaient pourtant toisé avec défiance.

Ils ne l'avaient pas respecté.

Oh, eux, combien moins talentueux, ils ne l'avaient pas respecté ! Lèvres grosses, nez camus, sombre peau – ils ne l'avaient pas respecté.

Je n'ai jamais pensé que mon père avait pu se lasser de rendre à mes chers pépé et mémé des visites au cours desquelles son intelligence, son intuition, sa sensibilité devaient se mettre au seul service de son propre effacement, abaissement, de sa déférence contrainte envers des beaux-parents qui ne le supportaient que diminué, courbé, servilement respectueux – et encore.

Je n'ai jamais pensé que rien de tout cela n'aurait été, de toute façon, suffisant : rapetissement de soi, onctueuse révérence, etc. Car pépé et mémé connaissaient le principe fondamental de son être, ils savaient avoir affaire à une créature qui pouvait, par ruse, par ambition, simuler le genre humain mais qui, intrinsèquement, n'y appartenait pas, pépé et mémé le savaient, le sentaient.

Ils ne pouvaient le prendre en pitié puisque cette façon d'homme les surpassait en esprit et en connaissances.

Ils ne pouvaient le traiter comme un chien.

Ils se contentaient, quand leur regard se portait sur lui, de feindre de ne pas le voir.

Ils contemplaient alors, simplement, le vide, de leurs yeux soudain vagues, rêveurs.

Je n'ai jamais pensé que mon père, révérencieux devant pépé et mémé, avide de leur complaire, avait pu souffrir de constater que leur regard le traversait, hâtif, ce regard, anxieux de ne lui laisser nul espoir d'entrer pleinement dans la famille.

Je n'ai jamais pensé que mon père avait souhaité, peut-être, entrer pleinement dans cette famille dont les facultés intellectuelles ne valaient pas, loin de là, les siennes. Mais que valaient celles-ci, dans cette famille, en regard de l'abjection d'un nez camus, de lèvres grosses, d'une sombre peau ?

Je n'ai jamais pensé que mon père nous avait fuies, jolie maman, gentille fillette, par ennui de jouer désespérément devant pépé et mémé un personnage auquel ceux-ci étaient déterminés, éduqués, résolus à ne jamais croire – comme on le sait d'emblée devant certains mauvais films : on ne croit pas à ce personnage.

Je n'ai jamais pensé que mon père avait pu se sentir blessé, offensé.

Je n'ai jamais pensé que mon père avait pu ressentir le mépris hostile de pépé et mémé comme une blessure, une offense difficilement supportables après celles qu'il avait endurées stoïquement quand il lui était arrivé, parfois, venant de Dakar, d'être mal traité à Paris.

Je n'ai jamais pensé que mon père avait pu avoir de l'amour-propre, jamais pensé qu'il avait pu avoir de lui-même, à grand-peine construite, une image honorable que sa vie avec maman, contre tout espoir, contre toute prévision, avait saccagée, et sans que cela fût le moins du monde la faute de maman ! Sombre peau, nez camus, lèvres grosses : son visage le trahit, le livre, le « porte à connaissance ». Il ne peut qu'en éprouver de l'embarras, sinon de la honte. La honte, bienheureusement pour lui, n'a que peu de pouvoir, il ne l'entend guère – mais le sentiment d'humiliation, son légitime orgueil discrètement piétiné…

Je n'ai jamais pensé que mon père, venant de Dakar, bien pourvu à Paris, avait pu avoir des sentiments, si grande était sa chance déjà.

Je n'ai jamais pensé que mon père avait pu éprouver, venant de Dakar, d'autres sentiments que l'amour pour la France, pour maman et pour moi. Que lui fallait-il de plus ?

Certes il m'est arrivé de penser, enfant, quand pépé, au cours d'un repas familial, me désignant de sa fourchette déclarait : elle serait jolie si elle n'avait pas d'aussi grosses lèvres, de penser fugitivement que mon père avait pu être l'objet, à cette même table joyeuse, de réflexions blessantes quoique lancées sans mauvaise intention – comme on parle devant lui d'un chien, de ses défauts, sachant qu'il ne peut pas comprendre, sachant aussi que, même s'il comprenait, il n'éprouverait rien de pareil à nous.

Je n'ai jamais pensé que mon père avait pu souffrir d'être un immigré, un exilé, même chanceux puisqu'il n'avait pas, lui, risqué sa vie dans le voyage.

Je n'ai jamais pensé que mon père – rien.

Wilfried N'Sondé

Blues migratoire

L'écume des vagues charriées par les mers et les océans s'échouera encore et encore sur les rivages, bien longtemps après la disparition du dernier humain. Les brises marines balaieront les berceuses, elles engloutiront les mots doux, les paroles de haine, les oraisons. Sur les plages elles effaceront les ultimes traces du passage de femmes, d'hommes et d'enfants en détresse, mais l'insupportable souffrance naufragée à la lisière des continents, elle, persistera à hanter la mémoire de la Terre.

Quelle sorte de femmes et d'hommes se dissimulent sous ces corps pressés qui s'agglutinent aux frontières ? Êtres sans nom, fantômes en guenilles qui surchargent les postes de douanes, ces barrières fabriquées arbitrairement, les balafres des paysages, ces obstacles sur la course des vents. Des murs en béton armé qui rétrécissent l'horizon des espoirs. Ils sonnent le glas des songes d'un avenir radieux, lorsque le couperet s'abat sur la main tendue. De la peau écorchée et des restes d'habits déchirés décorent les ronces métalliques sous le regard froid de gardes aux aguets. Comment oublier qu'homo sapiens est une espèce dotée de jambes pour avancer sans relâche, pour explorer, toujours plus intrépide, insatiable d'espaces à découvrir ?

Pourtant l'angoisse noue les entrailles des enfants, des femmes et des hommes en errance, ils deviennent des points sans importance qui scintillent timidement sur le fond noir des radars, pareils à des cendres éparpillées sur la peau des continents ou sur l'écume des vagues. Silhouettes fragiles à la merci des rafales de vent. Ils sont les cohortes de déserteurs des armées de la misère endémique, ils se hâtent sans se retourner ne serait-ce qu'une seule fois, s'entêtent, tous obsédés par le mirage envoûtant qui les entraîne inlassablement vers l'Ouest ou vers le Nord, derrière les contours hermétiques des contrées délicieuses, celles qui promettent le mieux-vivre. Les colonnes de fuyards n'abandonnent pas, infatigables elles s'accrochent fermement à la promesse de réussir advienne que pourra. Transgresser les limites, coûte que coûte. Ainsi se tisse une étrange courroie de transmission entre les nations condamnées à l'indigence et celles qui croulent sous l'abondance. La misère, érigée en fatalité, tente de s'élever de sa boue en ouvrant ses bras au mirage de la richesse. Décidés à bousculer les contours figés des cartes qui les enferment dans la pauvreté, des pans entiers des peuples déshérités se mettent en route et s'inventent un nouveau destin, au risque de disparaître dans les sables du désert ou de passer par-dessus bord depuis un navire de fortune surchargé.

Ils laissent dans leur dos des mondes à l'arrêt, où le bonheur n'existe même plus en rêve, ni tendresse ni réconfort pour soulager leurs âmes et leurs corps, quand la vie est saturée de revendications qui jamais ne trouvent de réponses. Alors ils s'empressent de s'extraire de l'étau de sociétés qui ne leur proposent rien, aucun avenir, aucun modèle enthousiasmant, le néant. Las d'avoir trop souvent subi et baissé la tête, ils refusent de se résoudre à l'inéluctable disparition, se redressent et s'en vont, pour ne plus hurler en vain : justice et bien-être pour tous !

Les regards vifs de détermination, des décharges d'adrénaline distillent dans leurs veines l'ivresse du courage, de l'émerveillement, le souffle coupé qui se nourrit sans cesse d'un refrain lancinant : demain, demain… Quand tout aura changé, l'existence se goûtera avec une saveur de miel fondant dans le creux de la langue, illusion ou folie, qu'importe ! Oui pour la course effrénée qui méprise les dangers, et tant pis pour la mort, pour s'enfuir il faut planer très haut au-dessus des doutes. Ils avalent les kilomètres et défient les paysages les plus hostiles, sable brûlant du Sahara, tempêtes sur la Méditerranée, pentes escarpées et enneigées des Alpes, jungle de Guyane, langue poisseuse et grise de la Manche, rien ni personne n'entrave l'espérance. Survivre à la faim qui tord le ventre jusqu'aux abords de la démence. Il faut progresser sans perdre un instant, une course contre la montre qui impose de maîtriser une science de l'adaptation à chaque instant, de l'anticipation instantanée à la situation nouvelle. Appréhender l'épreuve à venir, la surpasser sans droit à l'erreur, toujours faire le bon choix et, malgré tout, ne pas renoncer. Se galvaniser en gardant constamment en ligne de mire l'ailleurs radieux comme une étoile du Nord, une boussole à tenir fermement dans la main. Femmes, hommes et enfants préparés à l'envol périlleux mais salvateur, poussés par l'attrait irrésistible d'un mirage : l'aisance ! Couler des jours faciles et doux après les années de peine et de chaos. Une obsession, une soif à étancher dans l'urgence qui déclenche une fuite. Prendre ses jambes à son cou, le cœur un peu serré par les adieux déchirants, avec dans la poitrine la hantise de l'échec en cas de retour à la case départ, et l'angoisse de partir pour toujours, de ne plus jamais revoir la famille… sombrer dans l'oubli. Leurs vies passées se résument à quelques photos pliées dans un portefeuille.

Le jour du départ, après la dernière accolade, joues contre joues baignées de larmes, c'est le chant du cygne qu'ils n'entendent pas, et l'ombre inquiétante d'un destin funeste qu'ils préfèrent ignorer. Partir écorche l'âme comme une ronce, un poison qui draine les artères, un poids sur la poitrine, brèves décharges électriques dans les muscles du visage… Serrer les dents, bomber le torse, tenir le rêve à pleines mains, et en avant ! Commence alors l'anonymat, la solitude parmi la multitude des déshérités, l'indifférence lorsque l'on erre dans l'inconnu des dédales incertains d'un monde grillagé, hermétique. S'y orienter en se cachant. Ils portent malgré eux la laideur des habits de l'intrus. Le masque intégral des indésirables leur colle à la peau et, dès les premiers pas, ils deviennent la menace à éradiquer en amont, vite, vite avant qu'ils n'arrivent.

Les gestionnaires de la crise migratoire, cravates et costumes sombres, froncent d'abord leurs sourcils pour ne surtout pas agir dans la précipitation, peser le pour et le contre, puis ils décident à l'unanimité de débloquer des crédits pour quadriller le terrain, former du personnel qualifié pour la traque méthodique des non-invités à la table de la modernité. Enfin, ils signent des accords internationaux pour organiser un lugubre jeu de cache-cache à la vie, à la mort, à très grande échelle, une sinistre course de gendarmes, et de voleurs qui n'ont plus que leurs vies à perdre. Des vies dévaluées qui se dissimulent dans les recoins désolés des zones urbaines, dans les bois, des trous dans la terre... Dans la mort. Des vies qui dérangent, même lorsqu'elles se dérobent aux yeux du monde. Femmes, hommes, enfants aux pensées torturées, corps meurtris, cœurs qui saignent, lacérés de traumatismes irréversibles, livrés au mépris de tous, séquestrés dans l'envers des sociétés, humiliations quotidiennes. Survivre à l'incertitude chronique, espérer, pourquoi pas, un miracle, surtout prier encore et encore, renaître de leurs cendres malgré l'amour-propre échoué plus bas que terre. Le plomb dans les ailes quand l'envol fantasmé se transforme en cauchemar derrière des barreaux, ou pieds et poings liés dans la servitude… Dans l'adversité la plus sordide, ils s'arment de patience, restent lucides, durs, indestructibles. Puis d'autres se mettent en route…

L'exode en flux continu bouscule les temps présents, il enjoint de se réinventer, d'imaginer pour demain un monde plus ambitieux, les contours d'une humanité bien au-delà des frontières, soucieuse du bonheur de tous.

Leïla Slimani

Ousman

J'ai rencontré Ousman sur un trottoir de New York, un matin de mai. C'est lui qui m'a abordée. Il avait remarqué que je portais un sac aux couleurs du PEN America et il a supposé que j'étais, comme lui, invitée au Congrès extraordinaire organisé à l'ONU, réunissant quatre-vingts écrivains du monde entier. Il m'a proposé de partager un taxi. Et nous avons attendu, longtemps, au coin de la 19e Rue, qu'un taxi jaune veuille bien s'arrêter. Ousman est plus petit que moi et ce matin-là il portait un costume trop grand et une cravate violette. Ses tresses brunes étaient dressées et lui donnaient un air de personnage de dessin animé. Il semblait nerveux. Dans la voiture, il regardait les buildings par la fenêtre. Il observait les passants qui sortaient des stations de métro, un gobelet en carton à la main. Il n'en revenait pas d'être là. Il m'a dit qu'il venait du Ghana et qu'il avait écrit un livre sur son histoire.

Nous sommes arrivés devant l'ONU et Ousman a disparu dans la foule. Je me suis installée derrière mon pupitre et je l'ai cherché du regard tandis que Salman Rushdie ouvrait la séance. « En 1939, cinq cents écrivains, dont Thomas Mann ou Pearl Buck, se sont réunis à New York pour dénoncer la guerre en Europe. Le Congrès de 1939 n'a pas empêché l'invasion de la Pologne. Celui de 2022 ne mettra pas fin à la guerre en Ukraine. Mais nous pouvons nous demander : que peuvent les écrivains ? » Pendant deux heures, des romanciers, des dramaturges et des poètes ont tenté de répondre à cette question. Des écrivains ukrainiens ont raconté les premiers jours de la guerre et leur fuite à travers l'Europe. Une jeune romancière thaïlandaise a dit : « Je voudrais vous parler et vous raconter ce qui se passe. Mais je ne le peux pas car sinon je serais arrêtée et je ne pourrais plus rentrer chez moi. » Et puis Ousman a pris la parole. Il tenait son livre à la main. « Je suis du Ghana et je parle ici au nom des milliers d'hommes et de femmes qui traversent l'Afrique et qui meurent d'avoir voulu rejoindre le Paradis. »

J'ai revu Ousman le soir même et nous nous sommes assis dans un coin tranquille de l'hôtel où nous logions. Il voulait savoir ce que j'avais pensé du Congrès. Je lui ai dit, au risque de le décevoir, que j'avais trouvé ça à la fois émouvant et inutile. Qu'il me semblait que les écrivains ne pouvaient pas grand-chose contre les grands malheurs du monde. Il n'était pas d'accord avec moi. Il croyait, avec une ferveur à laquelle je n'étais plus habituée, au pouvoir des récits. Et il m'a proposé de me raconter sa vie.

> Je suis né au Ghana dans un petit village de la jungle tropicale. Je pense que j'ai entre trente-trois et trente-quatre ans mais je n'en suis pas sûr. Dans notre tradition, le plus important c'est le jour de la semaine où on est né. Et moi, je suis né un mardi. Mon père était chaman et les gens du village le respectaient beaucoup. Ma mère, elle, était musulmane. Elle est morte en me donnant naissance et, dans ce genre de cas, l'enfant qui naît est considéré comme maudit. Les gens du village voulaient qu'on m'abandonne, ils craignaient que je leur porte malheur. Mais mon père a refusé. À cette époque, je pensais que j'étais la personne la plus chanceuse du monde. J'étais un enfant heureux. Ma famille ne possédait pas grand-chose et il fallait travailler dur. Je n'avais pas de chaussures, je mangeais ce que je pêchais et ce que je chassais mais je garde

de très beaux souvenirs de cette époque. La vie était fantastique.

Je n'allais pas à l'école mais j'étais un enfant très curieux. Je construisais des jouets pour mes frères et pour mes amis. Un jour, j'ai vu un avion dans le ciel et ça a changé ma vie. Je ne comprenais pas comment il pouvait voler et j'ai interrogé mon père. C'est la première fois que j'ai entendu parler des Blancs. Il m'a dit que les Blancs étaient des gens très intelligents, qui construisaient des avions et les utilisaient pour voyager. Quand j'ai eu neuf ans, mon père m'a envoyé en ville pour travailler dans un atelier de mécanique. Au Ghana, ce sont les parents qui doivent payer pour que leur enfant devienne apprenti dans un atelier. Mais j'étais mal traité dans cette maison. On ne me donnait pas à manger. J'avais à peine droit aux restes et je travaillais du lever au coucher du soleil. J'avais tout le temps faim alors j'ai fini par m'enfuir. Mais plutôt que de rentrer dans mon village je suis allé à Accra. Je me suis installé dans le port. Je dormais dans la rue, je rendais des services et on me donnait un peu d'argent. Le port me fascinait, je voyais tous ces bateaux qui venaient et partaient, je discutais avec les chauffeurs de camion. Je leur posais des questions sur les Blancs. À cette époque, j'étais convaincu qu'être blanc vous rendait automatiquement intelligent. Ça me fait rire maintenant.

Au bout de quelques mois, j'ai été repéré par des trafiquants. Ils avaient entendu dire que je voulais aller en Europe. Et comme j'étais petit et débrouillard, ils m'ont proposé de me cacher dans un camion jusqu'au Niger. Nous avons roulé pendant longtemps. Puis on est arrivés dans le désert et un autre groupe nous a rejoints. En tout, nous étions quarante-six. Des Nigérians, des Ghanéens, des Camerounais, des Gambiens. Seulement des hommes et j'étais de loin le plus jeune. Les trafiquants nous ont dit qu'ils allaient chercher de l'essence et de l'eau et que nous devions les attendre. Bien sûr, ils ne sont jamais revenus. Au bout de vingt-quatre heures, un des hommes a annoncé qu'il partait quand même. Il connaissait la route à travers le désert. Mais quand on a voulu le suivre il a exigé qu'on le paye. Je suis sûr qu'il était le complice des trafiquants. En tout cas, nous nous méfiions tous de lui. Nous le détestions.

Nous avons marché pendant dix-neuf

jours. Au début, nous nous entraidions. Nous avions du pain, des biscuits, un peu d'eau et nous partagions le peu que nous avions. Puis tout est devenu terrible quand nous avons commencé à voir des cadavres sur la route. La première fois, nous avons trouvé neuf cadavres. Nous avons pris leurs papiers, leur argent et nous les avons enterrés. Les tensions ont commencé à s'accumuler. L'eau manquait et les hommes se sont mis à cacher leurs réserves. Parfois, je me demande comment j'ai survécu. Pour un enfant, j'étais très résistant. J'avais toujours travaillé à la ferme et j'étais dur à la tâche. Dans le groupe, certains me protégeaient à cause de mon âge. Je leur faisais de la peine. D'autres, au contraire, étaient durs avec moi. Ils étaient convaincus que je n'y arriverais pas alors ils essayaient de me voler.

Heureusement, je suis devenu ami avec Moussa. Tous les deux, nous parlions beaucoup. Nous nous racontions nos rêves sur ce qui nous attendait au Paradis. Nos fantasmes nous faisaient oublier nos souffrances et nous aidaient à avancer. Là, des gens ont commencé à mourir. Je les ai vus. Je les ai vus mourir. J'ai commencé à me dire que j'allais finir comme ça, comme un cadavre au milieu du désert. Nous n'avions plus rien à manger, plus rien à boire et certains buvaient leur propre urine. Parfois, un homme s'asseyait sur le sable et il disait : « Je ne peux plus avancer. » Nous n'avions plus d'espoir et les hommes les plus forts ont alors décidé de tuer notre guide. Si nous devions mourir, il allait mourir aussi. Il n'était pas question qu'il nous survive. Ils l'ont attaqué et battu mais le guide avait un couteau et il a blessé ses assaillants. Il a réussi à s'enfuir et nous nous sommes retrouvés seuls, encore plus désemparés qu'avant.

Un jour, j'ai volé de l'eau à un cadavre. Personne ne m'a vu mais j'en ai parlé à Moussa et je lui ai proposé de partager avec moi. À ce moment-là, nous n'étions plus que six. Les quarante autres étaient morts d'épuisement. Je ne sais pas comment c'est arrivé mais, un matin, j'ai ouvert les yeux et de l'eau, tiède et marron, coulait sur mon visage. Nous étions dans un petit village et je pense que Moussa m'avait porté jusque-là. Je n'avais plus aucune force.

Dans ce village, nous n'avons vu aucune femme. Elles se cachaient dès qu'il y avait des hommes. Les habitants avaient l'habitude de voir des migrants comme nous. Nous leur avons dit que nous avions laissé une partie du groupe derrière nous. Ils ont pris une camionnette, ils sont partis dans le désert mais, quand ils sont revenus, ils ont prétendu qu'ils n'avaient croisé personne. Les habitants n'étaient pas gentils. Ils nous donnaient à manger mais c'était surtout pour qu'on ait assez de force pour travailler. Le premier soir, ils nous ont donné du lait, des pâtes et du thon. Je me souviens du lait. De la douceur du lait. Après une semaine, ils m'ont fait travailler comme maçon. C'était très dur mais je ne pleurais pas. Je savais qu'il n'y avait pas de retour en arrière possible et que ma seule option était de continuer. Bien sûr, j'ai eu des regrets. Je pensais à mon père, à mes amis, à mon village et je me disais que j'avais eu tort d'entreprendre ce voyage. Mais c'était trop tard. Je n'avais plus le choix.

J'ai été élevé dans la religion musulmane. Quand je suis arrivé en Libye, je pensais que les musulmans seraient généreux avec moi, hospitaliers. Mais l'islam là-bas n'avait rien à voir avec ce qu'on m'avait enseigné. Ils nous demandaient de payer pour boire de l'eau ! À la mosquée, les hommes refusaient de prier à côté d'un Noir. Avec Moussa, nous avons fini par aller à Tripoli. Nous vivions dans la rue, nous mangions dans les poubelles à l'arrière des restaurants. Au début, j'ai essayé de travailler dans la construction. Mais je n'étais pas assez fort, les autres ouvriers me criaient dessus. Alors, j'ai trouvé un travail dans une maison tenue par des criminels. Ils vendaient de l'alcool, de la drogue et des prostituées. Je faisais les courses, je surveillais les clients, je marquais une ligne sur le mur quand un garçon montait avec une fille. C'était horrible. Les filles venaient du Cameroun, du Nigeria, la plupart n'avaient même pas seize ans. Dans cette maison, il m'arrivait de prier et la patronne, qui était camerounaise, me hurlait dessus : « Va te faire foutre ! Arrête de prier. Il n'y a pas de Dieu dans cette maison. »

Un jour, je suis allé chercher de l'eau et, quand je suis revenu, la maison était cernée par la police. Encore une fois, j'ai eu de la chance. Je me suis enfui et je suis allé à Benghazi. J'y suis resté quatre ans. J'ai appris l'arabe, je faisais plein de petits boulots et j'essayais d'économiser pour arriver au Paradis. Je vivais dans un ghetto avec une cinquantaine d'Africains. Il y avait toutes sortes d'hommes, de milieux sociaux très différents. L'un d'entre eux s'appelait Cadre et il était ghanéen comme moi. Il avait vendu son taxi et sa boutique pour payer son passage. Là-bas, au pays, il avait une belle vie et il regrettait d'avoir tout quitté. Il pleurait toutes les nuits. D'autres, comme Adeibi, s'en sortaient bien. Adeibi avait trouvé un travail, il gagnait un bon salaire et le dimanche il mettait une chemise propre pour sortir en ville. Je lui lavais ses vêtements et en échange il me protégeait et me donnait à manger. Mais la vie était dure. À cette époque, des gangs qu'on appelait les « Asma Boys » semaient la terreur parmi les migrants. Ils nous attaquaient, nous volaient, il paraît qu'ils en kidnappaient certains et les torturaient. La vie était triste, monotone, il n'y avait aucun loisir à Benghazi, pas de cinéma et, à la télévision, tous les programmes étaient consacrés à Kadhafi.

Au bout de quatre ans, j'avais réuni assez d'argent pour payer mon passage en Europe. J'ai rencontré des trafiquants et là, un nouveau voyage a commencé. Nous avons traversé les frontières tunisienne puis algérienne en Land Rover. Une fois en Algérie, nous avons été arrêtés par la police. Et là, un étrange manège a commencé. Ils nous faisaient signer des papiers, nous enregistraient, nous mettaient en prison et, deux jours après, ils nous relâchaient. Puis ils nous arrêtaient encore et tout recommençait. Un de mes compagnons m'a expliqué que l'Europe donnait beaucoup d'argent à ces pays pour lutter contre l'immigration clandestine. Alors les policiers nous enregistraient plusieurs fois, sous de faux noms, et ils nous faisaient croire qu'ils allaient nous mettre dans des avions et nous renvoyer chez nous. Pendant la journée ce sont des policiers mais, la nuit, ce sont des trafiquants comme les autres qui se font de l'argent sur notre dos.

Finalement, nous nous sommes retrouvés dans « La vallée » à la frontière du Maroc et de l'Algérie. Ils nous ont cachés dans des camions frigorifiques et nous sommes arrivés à Rabat en pleine nuit. Nous nous sommes arrêtés sous un grand pont. Des hommes armés nous attendaient et ils nous ont demandé de choisir avec quelle bande mafieuse nous voulions continuer. J'ai choisi au hasard la « Rahman connexion ».

Rahman était le plus puissant de tous. Je l'ai rencontré deux ou trois fois. Il devait avoir quarante ans et il en imposait. Il ressemblait à une star du rap avec ses vêtements américains et ses gros bijoux. Les migrants disaient qu'il avait trois maisons au Maroc et qu'il vivait dans le luxe grâce au trafic.

Le voyage vers le Paradis, c'est surtout attendre. Attendre pendant des jours, des semaines, des mois, sans savoir à quel moment on nous appellera pour traverser. Je ne sais pas combien de temps je suis resté dans ce hangar, à Casablanca. Nous étions très nombreux à l'intérieur et pour la première fois il y avait des femmes. Elles avaient subi beaucoup de violences et la plupart étaient enceintes. J'ai beaucoup souffert pendant ce voyage mais ce n'est rien comparé à ce qu'endurent les femmes. Les viols à répétition, les réseaux de prostitution, les grossesses… Là, collés les uns contre les autres, il n'y avait rien à faire. Nous dormions une bonne partie de la journée. Nous cuisinions sur des bonbonnes de gaz et plusieurs fois il y a eu des accidents. Mais personne ne se rebellait contre les trafiquants. Nous ne savions pas ce qu'ils allaient faire de nous mais personne n'osait poser de questions. Nous nous en remettions totalement à eux.

Un soir, ils ont fini par appeler mon nom et je suis à nouveau monté dans un camion, rempli d'animaux cette fois. Ils nous ont expliqué qu'on ferait du « hiki-hiki » ce qui veut dire traverser les frontières en zigzag pour éviter d'être pris. Et là, nous sommes enfin arrivés près de la mer. C'était en 2005 et, à l'époque, ils n'achetaient pas de bateaux en plastique. Ils nous ont donné du bois pour construire les bateaux nous-mêmes. Mes souvenirs de la traversée sont très confus. Je ne sais pas nager et j'étais terrifié par les vagues. Plusieurs fois nous avons tenté de prendre le large mais, chaque fois, le capitaine nous faisait revenir sur le rivage. Je pense qu'il devait y avoir de la drogue sur le bateau car sinon il n'aurait pas été si précautionneux. Au bout de je ne sais combien de tentatives, on a fini par partir. Les gens hurlaient. Personne n'avait de gilet de sauvetage, même pas les femmes avec les enfants. Le capitaine a dit : « Les premières vagues vont être fortes, il faut vous accrocher, mais ensuite la mer est lisse et calme jusqu'en Europe. » Dans le bateau, j'étais totalement recroquevillé, je ne pouvais bouger ni les jambes ni les bras. Je crois que c'était pire encore que le désert. Depuis que je suis en Europe, j'y repense souvent. Je me dis qu'il y a tellement d'argent dans ce monde. Tellement d'argent et pourtant certains humains vivent des choses pareilles. Je ne comprends pas.

Je suis le dernier à être descendu du bateau. Nous étions arrivés aux Canaries. Mes jambes étaient tellement endolories que je ne pouvais pas marcher. Il a fallu me porter. La police nous attendait mais aussi la télévision, la Croix-Rouge et d'autres associations. Je n'avais commis aucun crime, je n'avais rien volé à personne et pourtant ils m'ont arrêté et jeté en prison. Ils appellent ça un camp de rétention mais moi je dis que c'est une prison, où on nous battait jour et nuit, où on nous posait sans cesse les mêmes questions. À l'hôpital, ils ont confirmé que j'étais mineur et on m'a expliqué que j'avais le droit de rester en Europe et que je serais protégé. Ils m'ont mis dans un avion, direction Málaga. J'ai gardé mes menottes pendant le voyage. Pourquoi est-ce qu'ils avaient besoin de me mettre des menottes si j'avais le droit de rester ? Voilà les fameux Blancs que je voulais rencontrer. Je n'avais rien, même pas de papiers, et on me traitait comme un terroriste. Mais croyez-moi, les types d'al-Qaida, ils ne prennent pas ce genre de bateau pour rejoindre l'Europe.

À Málaga, ils m'ont installé dans un camp ouvert. Nous avions le droit de sortir mais personne ne le faisait. Les gens avaient trop peur. J'ai alors rencontré une femme policière. Elle était très gentille et elle m'a demandé où j'avais envie de m'installer. La seule chose que je connaissais sur l'Espagne c'était le foot alors je lui ai répondu « Barça ». Elle m'a donné un peu d'argent, de l'eau et elle m'a acheté un ticket de bus pour Barcelone. Ça n'avait rien à voir avec le Paradis. J'étais seul, je ne savais ni lire ni écrire, je ne comprenais pas l'espagnol. Quand j'essayais de parler aux gens, ils s'éloignaient en courant. J'ai compris que les gens avaient peur de moi. Je faisais les poubelles, j'ai dormi dans un parc pendant un mois. Puis, un matin, une femme est passée dans le parc. Je ne sais pas comment l'expliquer mais j'ai su que je devais lui parler. Plus tard, elle m'a dit que c'était la première fois qu'elle allait dans ce parc. La femme ne comprenait pas l'anglais alors elle a appelé son mari et me l'a passé. Je lui ai expliqué qui j'étais. Il m'a posé des dizaines de questions. Il m'a demandé quand j'étais né et j'ai répondu « mardi ». Ça l'a fait rire. Ils ont décidé de s'occuper de moi.

Le premier jour où je suis allé chez eux, ils m'ont donné à manger puis ils m'ont installé dans une chambre et leur petit garçon est venu me dire bonne nuit. Je me suis allongé et j'ai pleuré toute la nuit. Je me répétais : « Qu'est-ce que j'ai fait pour mériter cet enfer ? Pourquoi a-t-il fallu que je souffre autant ? »

Grâce à eux j'ai pu apprendre à lire et à écrire. J'ai trouvé un travail et j'ai créé une association au Ghana pour les enfants. Je me dis que je dois tout faire pour éviter à d'autres de vivre ce que j'ai enduré. Je veux qu'ils sachent que le Paradis n'existe pas.

Plusieurs fois, au cours de son récit, Ousman a pleuré. Pendant de longues minutes, il s'arrêtait de parler et il pleurait, essuyant ses larmes avec la manche de son costume. À la fin de l'entretien, il m'a dit qu'il ne voulait pas que je pense qu'il était amer. Il continuait de croire qu'il avait beaucoup de chance. « Je suis peut-être même l'homme le plus chanceux du monde. Après tout ce que j'ai vécu, je pourrais me dire que le monde est peuplé de gens cruels et méchants. Mais je préfère penser que la plupart des gens sont bons. C'est juste qu'ils font moins de bruit que les autres. »

Cette nuit-là, j'ai eu du mal à dormir. Je pensais à Ousman, qui se réjouissait de découvrir la nuit new-yorkaise. Et je pensais à la question de Salman Rushdie sur ce que les écrivains peuvent faire. Je me suis alors souvenue du prologue de *Requiem* d'Anna Akhmatova. La poétesse se trouve devant la prison de Leningrad où est incarcéré son fils. Un jour, « une femme aux lèvres bleues » la reconnaît et lui demande : « Et ça vous pouvez le décrire ? » La poétesse répond : « Je peux. »

NOTICE BIBLIOGRAPHIQUE

ABD AL MALIK – *L'absurde*

Page 23 : Albert Camus, *Conférences et discours. 1936-1958*, éd. Gallimard, coll. « Folio », 2006.
Extrait de : Conférence au Casal de Catalunya [calendrier de la liberté : 19 juillet 1936] 1951.

Page 24 : Albert Camus, *Actuelles. Écrits politiques*, éd. Gallimard, 1950.
Extrait de : Interview « Dialogue pour le dialogue », (défense de l'Homme, juillet 1949).

MURIEL BARBERY – *Justine. Gagner sur la nuit*

Page 48 : « L'histoire redevient tragique ». Une rencontre avec Emmanuel Macron. Propos recueillis par Michel Crépu et Alexandre Duval-Stalla – NRF n° 630, 05/2018.

AMINA DAMERDJI – *Cette mer si bleue*

Pages 51 ; 58 ; 65 : Paul Claudel, *Protée*, acte I, éd. Gallimard, 1914.

KAMEL DAOUD – *Le mur de la mer*

Pages 74 ; 83 : Dino Buzzati, *Le désert des Tartares*, éd. Robert Laffont, 1949.

Page 80 : Albert Camus, *Noces* suivi de *L'été*, éd. Gallimard, 1959.
Extrait de : « Le minotaure », *L'été*.

MARIE DARRIEUSSECQ – *Rencontres différentes avec des voyageurs forcés différents*

Page 109 : Mahmoud Darwich, *Murale*. Poème traduit de l'arabe (Palestine) par Elias Sanbar, éd. Actes Sud, 2003.

ERRI DE LUCA – *Mal de mer*

Page 114 : Paul Valéry, *Le cimetière marin*, éd. Emile-Paul Frères, 1920.

ANANDA DEVI – *La sixième vie*

Pages 138 ; 145 : Albert Camus, *Actuelles. Écrits politiques*, éd. Gallimard, 1950.
Extrait de : « La chair » initialement paru dans la revue *Combat* le 27/10/1944.

Page 138 : Extrait du film : *Un condamné à mort s'est échappé*, Robert Bresson, 1956.

MAYLIS DE KERANGAL – *Un port sûr*

Page 165 : Hannah Arendt, *Le système totalitaire*, t. 3. *Les origines du totalitarisme*, éd. du Seuil.

Page 168 : Alain, *Propos*, éd. Gallimard, 1956.

FRANÇOIS MOREL – *Quand un homme*

Page 184 : *Quand un homme*, Yves-Marie Le Guilvinec (1870-1900).

LEÏLA SLIMANI – *Ousman*

Page 227 : Anna Akhmatova, *Requiem*. Édition bilingue, traduit du russe et présenté par Paul Valet, éd. de Minuit, 1966.

Page 209 : Ousman Umar, *North to Paradise: A Memoir*, éd. Amazon Crossing, 2022.

Folio remercie les Éditions Actes Sud, de Minuit, Robert Laffont, du Seuil, ainsi que les successions Albert Camus et Paul Claudel pour leurs aimables autorisations.

*Tous les papiers utilisés pour les ouvrages
des collections Folio sont certifiés
et proviennent de forêts gérées durablement.*

*Composition Nord Compo
Impression Maury Imprimeur
45330 Malesherbes
le 3 octobre 2022
Dépôt légal : octobre 2022
N° d'impression : 265985*

ISBN 978-2-07-299229-2 / Imprimé en France

544633